唇之島
時空隧道（上）

周防 凜太郎

櫂歌書房《とうかしょぼう》

屋久島は作家の林芙美子が小説『浮雲』の中で「月に三十五日は雨が降る」と書いて有名になった島である。それほどに降雨量の多い島である。南国の太陽と豊富な雨水によってはぐくまれた大自然は、独特の植物体系を形成している。島全体は高い山々が連なるので、海に流れ下る豊富な雨水によって浄化されて、神秘的な景観を創り出している。豊富な水分をふくんだ清らかな自然の景観は格別である。

木元美佐の脳裡《のうり》には、そんな懐かしい屋久島の風景がわきあがるように浮かんできた。

美佐は、ここ数ヶ月、自分の生き方に自信がもてなくなっていた。もやもやして鬱積《うっせき》した気持ちが続いていた。

「屋久島にはもう数十年も行っていないわ」

美佐は、独り言をつぶやくと、急に祖父と過ごした屋久島を訪ねたいという気持がわいてきた。

美佐の性格は、亡き父親ゆずりで行動的である。すぐにＪＲ駅付近にある旅行社の窓口を訪ねた。矢も盾もたまらず、心を癒《いや》す屋久島への一人旅を思い立ったのだった。別に急ぐ旅ではない。美佐は飛行機の旅よりも鉄道の旅が好きなのだ。東京から東海道・山陽・九州の各新幹線に乗り継いで鹿児島駅に着いた。鹿児島空港から屋久島空港には定期便は一日一便あるそうだが、むしろ今の美佐《みさ》にとっては、ゆったりとした時間で船旅をする方が必要だった。

鹿児島のホテルで一泊して、翌日フェリーで行くことにした。

鹿児島から屋久島までの四時間三十分の船旅だった。

錦江湾を抜けるとフェリー屋久島のデッキから眺める海原は、濃い潮流に爽風が吹きつけて美しい白波を立てている。強い潮風に逆らうように、カモメたちがトビウオの群れを追いながら、水面すれすれに飛んでいる。

「観光ですか？」

デッキに立って美しい海原を見つめていた美佐に、若い青年がいきなり話しかけてきた。

長身の青年はたくましい首筋にニコンの大きな一眼レフカメラをぶら下げている。

「観光というわけでもないのですが…」

「いまのあなたの姿はすごく自然とマッチしています、写真を一枚撮らせてもらっていいですか」

青年は言うが早く美佐の明確な了解もとらずに、カメラのシャッターを切った。

連写するシャッター音に、美佐は驚いて目を見開いて、あわてて両手でファインダーを遮ったが、その時はすでに撮り終わっていた。

「いいチャンスは逃さないのが身上です。ほら、私の腕前を見てください」

青年は笑いながらデジタルで連写した映像を、ディスプレイに映し出して見せた。

フェリー船の航行にともなって海面から吹き上げる潮風によって、美佐の長い黒髪が躍ね上がった一瞬をとらえた写真である。白いワンピースを着た美佐がクローズアップされて、長い黒髪が放射状に画面いっぱいに広がっていた。

いつもテレビで見るコマーシャル映像のようにも見えた。一眼レフのズーム機能が、巧みに生かされたカメラテクニックだった。

「どうです、躍動感のあるいい写真が撮れているでしょう」

美佐は小さく頷いて微笑した。

不思議に美佐は青年のいきなりな行動にも、怒る気持ちは湧かなかった。

一人旅の自分に関心をしめしてくれたことがむしろ嬉しく心地良かった。

「屋久島へは観光ですか?」

美佐は思わず青年に問いかけていた。

「いえ、わたしは観光の旅というわけではありません。屋久島の民俗と神道の歴史を研究し始めたところです」

青年はフェリーのまわりに飛んでいるカモメにファインダーを向けながらシャッターを切った。

「では神主さんですか？」

「はぁっ？　僕の職業がそんなふうに見えますか」

青年は美佐を見つめると笑いながら首を横にふると、黙ってポケットから名刺を一枚取り出し、美佐に差し出した。

名刺には、東京の東都大学の准教授、佐原雄一郎と印刷されていた。民俗学と宗教（神道）学を研究していることが名刺の裏側に掲載されている。

「大学の先生なんですね」

「東都大学に勤めて五年になります」

「神道の研究とは、めずらしいですね」

「私の先祖はやはり、神道と関わりがありましてね。福岡県の宗像大社と多少はゆかりがあったと聞いたことがあります。父が亡くなりましたので、詳しいことはわかりませんでした。そのルーツを調べているうちに、神道の研究をするようになりました。実は屋久島の益救《やく》神社で近く祭祀があるというのです。研究のために前々から一度見学したいと計画していましたが、今回初めて屋久島に行くところです」

偶然にも、美佐も同じように益救神社を尋ねようとする旅であった。

「実は、わたくしも益救神社にお参りにいくところですの」

「やあ、それは奇遇ですね、同じ船に乗り合わせて、しかも出会ったものどうしが益救神社を訪ねるとは、実に不思議な巡り合わせですね」

佐原は目をまるくして美佐を見つめた。

週末でもないのに二十代に見える女性が一人で益救神社に参詣するということは、想像していなかったらしい。

「じゃあ、また益救神社で会えますね」

佐原は念を押すように笑いながら美佐の目元を覗きこんだ。

美佐は、笑って軽く頷いた。

たわいのない雑談の続いた船旅は、退屈することもなく過ぎた。雄一郎の雄弁な話術は、大学教授だからというよりも、むしろ生まれつきの性格らしく、話題も豊富だった。

フェリー屋久島は、約四時間半の航行を終えて、屋久島東部の宮之浦港に定刻に着岸した。

実は、屋久島の旅は美佐の失恋をいやす旅でもあった。

同じ職場で六年も続いた交際が実らずに終わった。

福岡から上京して就職し、商事会社で村田修三という先輩と職場で知り合った。入社した美佐を見初めて村田はたちまち好意を持った。

そして結婚を前提とした交際を重ねた。だが、いざ婚約という段取りになって、奥歯に物が挟まったような村田の口ぶりから、母親が美佐との結婚を嫌っていることがわかった。

村田の両親は鎌倉に住んでいた。鎌倉では旧家にあたる家で、屋敷も広く裏山に続く広い庭園を所有していた。

最初に村田の母親に会った時から難題が始まった。六十代に見える中背の母親はきちんと和服を着こなしていて、立ち居振る舞いに隙がなかった。

屋敷内に吾妻屋《あづまや》の茶室もあって、茶道を教授していることも後で知った。

「あなたの家系と宗派は何なの？」

「母方の祖父は神職をしていましたので、神道なのですが、父の実家は禅宗でした」

「そうなの…」とそっけなく言って、即座に我が家とは宗教的に合わない家系だと言った。

村田の母親は、新興宗教に凝っていた。その神様の神託によれば、美佐は家風に合わない娘であるらしい。それが結婚に反対する一番もっともらしい理由であった。

交際が長い二人にとって、そう易々と別れることはできなかったが、結局、結婚を喜ばない母親の意志が大きなネックとなり、村田も母親を説得することができなかった。

それはもっともらしい理由だった。が、本当のところ、美佐はすでに父母を亡くして身寄りがなかったことが大きな原因であった。

裕福な財産を持つ村田家の母親には、財産もない娘をあえて貰うことに強い抵抗があったらしい。母親としては婚家は互いに釣り合いのとれていることが強い希望であり、さらに両親のそろった家庭から嫁いでくる娘を、もらいたいということをあからさまに口にした。

そこまで言われれば、破談を宣告されたに等しい。美佐は村田との結婚願望が急速に失われていくのをさとった。

しかしなお美佐をあきらめきれない村田は、もう一度両親を説得すると約束した。するとは数日も経たないうちに、村田の母親が鎌倉から出向いて、職場にいる美佐を訪ねた。

以前から自分たちが息子の嫁として考えていた意中の娘がいるので、息子とは縁がなかったことにして欲しいと頭を下げられた。

母親としては、息子夫婦と同じ家で生活することが願いであり、かなりの資産があるので、妻は専業主婦でいて欲しいという要望も加えたものだった。

美佐は、村田とつきあうときから結婚後も共働きを希望していた。自分の力で仕事も家庭も両立したいと思っていた。

専業主婦になることは、子供が生まれた先のことでいいと軽く考えていた。

二つの条件を示された美佐としては、もはや選択の余地のないものであった。

村田は母親が帰ったあと、

「ねばり強く両親を説得するから、もうすこし時間をくれないか」

と美佐に懇願《こんがん》した。

村田修三は三人兄弟の末っ子である。

親の面倒をみる立場は長男と次男に託せばよいと。

村田はなお美佐に未練があった。二人の交際は村田の積極的なアプローチからはじまったのだ。

美佐も村田を嫌っているわけではない。おっとりした性格で生活ぶりも問題のない真面目な青年であった。

だが、三男の修三と結婚した後、三人兄弟もいる家族の中で村田がどこまで自分を支え続けてくれるだろうか、母親のつれない態度を思うと、新家庭を築いた将来にも深刻な不安があった。

あの旧家の屋敷を切り盛りすることも大変だろう。幾つもの苦労を引き受けることになる。それでもなお美佐には村田との交際期間を思うと、すんなりとあきらめきれない気持ちがあった。

村田の母親と会ってから数ヶ月が経ったが、村田は両親を説得するという約束をしたものの、まったく進展は見られなかった。

村田修三はもともと美佐が自分からすすんで好意をいだいた男性ではなかったという思いがあった。

世間では、結婚は本人同士に愛があれば、たとえ両家の家族が反対しても恋愛を優先すべきだという恋愛観が根強い、だが、いざ自分たちの場合になるとそうとも言っていられなかった。

　一生涯、自分を嫌う義父母と親子関係を続けていくことは容易なことではない。ましてや両親が息子夫婦との同居をつよく希望しているのだ。

　交際の初めのころは、かなり結婚の相手としては好ましい条件であった。

「僕は三男坊だから、親の面倒を見る心配もないんだ、だから同居もしなくていいよ」

　現代社会は核家族化がすすみ、親も子も自由にのびのび生きてきたのだから、一緒に暮らさないでいい条件は、女性の誰もが望むようになっている。

　だが交際が二年を過ぎたころから、村田家の家庭の状況が大きく変わっていった。

　長男は三十五歳を過ぎているのに、依然として女遊びばかりを続けて金遣いも荒く、遊びほうけている。世間なみに結婚してまじめな家庭を築くということにまったく関心がない。

　二男は、大阪の大学に入ったが、卒業とともに、大阪の地元企業に就職してしまった。しかも鎌倉に舞い戻る気持ちはなく、さっさと一人娘の彼女を大阪で見つけると、二人だけで婚前旅行をして旅先で結婚式をすませて養子におさまった。

仕方なく両親は、三男坊にかかる決意を固めてしまったのだ。その三男坊の相手は自分達が同居しても暮らしやすい、姑の気に入った嫁を貰う算段をたててい
るのである。

茶道教授をしておれば、自分の気に入った愛弟子の一人や二人は見つかるのは当然である。

母親の思いも、あながち身勝手ではないとも思った。あれだけの旧家を維持していくことは容易ではあるまい。

村田は、美佐と別れることは反対したが、さりとて両親の強い反対を押し切るほどの勇気も持ち合わせていなかった。

美佐にとってそのような状況での結婚は大きな冒険である。

自分を嫌っている義父母と暮らすことが、いかに難しいことであるかを感じてしまうのである。村田が煮え切らない気分でいるうちに、次第に美佐の恋愛感情

もさめて結婚願望も薄れていった。

美佐はついに村田と別れる決心を固めた。しかし、きっぱり別れた後も、平然と同じ職場で毎日、顔を合わせる気持ちにもなれなかった。

美佐は月末限りで退職願を提出した。

美佐は何の落ち度もなく長い間、職場でまじめに働いていた。当然、美佐の直属の上司、坂上総務課長がつよく辞職を慰留するよう説得した。が、もはや職場に未練のない美佐はあっさりと会社を辞めた。

そんな胸の奥のもやもやした気分を払拭するために、自分のルーツを辿《たど》る旅を思い立ったのだった。

幼いころの数年間、屋久島で過ごした懐かしい思い出が、にわかに甦ってきたのである。

美佐の祖父宗之は、屋久島の神社の神官だった。

美佐の母千里は、祖父の長女として生まれた。

そして母は種子島にある養蚕家の長男であった父嘉和と一度の見合いもしないままに嫁いだ。

父親同士が決めた縁談であった。

美佐は、二人の兄の後に末娘として生まれた。祖父の父親であった曾祖父は、薩摩藩の藩士であったが、藩主の命により屋久島に移り住み、益救神社の神官と村長を兼ねた職務を全うしたと聞いている。

後を継いだ祖父の生き方を考えると、薩摩武士の魂を宿した男として生涯を貫いたことになる。

人間の一生は、いろいろな色の絲で紡《つむ》いだ織物と同じような、不思議な人生を織り上げるという。

最初は曙のような鮮やかな色あいから始まって、時には錦絲のような輝きを織り込むことがあったが、晩年は薄墨色になり、ついには墨染め衣のような暗澹《あんたん》たるものになってしまったという。

つまり祖父宗之の晩年は、まことに惨めであったと母から聞いたことがある。

それは長男に嫁いで来た嫁との折り合いが悪かったことである。さらに病弱な妻に先立たれたことにあった。

美佐が幼いときに見た祖父宗之の姿を、今でも鮮明に覚えている。

祖父宗之は白髪がよく似合い白髯もたくわえていた。長身で痩せた身体に神職の着物が良く似合っていた。

祖父の白衣の姿には、幼い子供にとって近寄り難い、冒しがたい品格と威厳のようなものが備わっているように感じた。

祖父は神殿に上ると、背筋を立てて神鏡に向かって端座し、祝詞を奏上しながら一心不乱に益救神社の神に祈った。その姿はまさに神々しいものがあった。朗々とした声は明瞭で爽やかな響きがあって神殿内にこだました。いつしか益救神社の神様が天から降り立っているようにも思えた。

真実、祖父は、益救神社の主神が降りて憑依《ひょうい》すると言われる神道の秘儀を会得していた。

この秘儀は、誰にでも備わるものではなく、霊的な心性を持ち合わせた神官にのみ会得できるものであるといわれていた。

神道の秘儀を目の当たりにしたことのある美佐にとって祖父は特別な存在であった。

自分の書斎で物静かに読書する姿には、子供心にも近づきがたく侵しがたい威厳があった。常に白装束で過ごした祖父の姿に神々しい雰囲気があった。

神社には奉納された御神刀が幾振りもあった。祖父は武士の末裔としての矜持《きょうじ》を失わず、最期まで御神刀を愛した。どんなに暮らし向きが困窮しても御神刀を手放すことはなかった。

御神刀を白鞘から抜き放ち、蝋燭《ろうそく》の明かりに白刃をかざして長い間、凝視しているときがあった。眼光炯々《けいけい》とした祖父の側には近寄りがたい恐さがあった。

日本全国津々浦々、戦後の神職は貧困の極みであった。あれほど国家神道として祀られた神社であったが、敗戦後は、国家や自治体の庇護《ひご》がまったく失われて、いきなり掌を返したような窮乏の生活が続いた。

食うや食わずで、たとえるならば、日々は霞を吸って生きているような生活であった。

神社の所有地で金銭になる不動産は食料の糧として人手に渡った。境内の神木とそれに次ぐような数百年を経た巨杉はかろうじて伐採を免れた。

今まで安定していた生活がいきなり逼迫《ひっぱく》したために、当然に家庭内では不満が噴き出した。

とくに息子の嫁とのいさかいが、祖父には耐え難いものであったに違いない。

家庭の台所を支える嫁にしてみれば、収入の途絶えたままなのに、他の職にも就かずに、神職を続ける祖父に反感を持ったことは予想できることであった。

祖父は自らの心の中の怒りを必死に鎮めようとしていた。幼かった美佐の瞳には祖父の眼に燃える小さな火の玉が映じていたようにさえ思えた。

祖父が神職を務めた益救神社は、日本では最南端に位置する神社である。

式内社としては「大隅国馭謨郡・益救神社」として、古代の「多禰国」の一之宮的な存在であった。

益救神社の鎮守の神威は、遠く琉球にまで及んでいた。

祭神は山幸彦の火遠理命のほか六社であった。

神仏習合の時代は、一品宝珠大権現と称した。この一品とは正一位をいい、宝珠とは『古事記』の海幸と山幸に出てくる海人族の宝物であった潮満珠と潮干珠に由来するという。つまり屋久島はこの伝説の島とも伝えられているのである。

屋久島は鹿児島から約百三十キロメートルの東シナ海に浮かぶ周囲一二六・七キロメートルのほぼ円形の島である。鹿児島県下では奄美大島に次いで大きな島である。

屋久島は地質学から見ると、中生代白亜紀のころまでは海底にあったが、中生代の終わりごろ、地殻の変動により海底に亀裂が生じたために、その裂け目から花崗岩質のマグマが貫入する活動が始まったとされる。さらに新生代になって造山活動が活発となり、海面に岩塊の一部が現れて島の原型が形作られたと見られている。

今から約一千四百万年も前のことである。

島の中央部には九州最高峰となる標高一九三五メートルの宮之浦岳をはじめ

として永田岳、黒味岳などの千メートル級の高峰が連なって急峻な地形は海岸まで迫っている。

まさに洋上アルプスの観を呈している。

島内には古くから一八の村々が点在していて、それらの集落は宮之浦岳をご神体として神社が点在している。

益救神社は宮之浦港にほど近いところに総本宮として崇敬《すうけい》されているのである。


フェリー屋久島が港に着くと、桟橋には美佐が予約していた民宿の軽四輪ライトバンが待っていた。ボディに「潮音」と大きく横書きしてあって、そばに宿屋主人の岩崎清吉が宿屋の法被《はっぴ》を着て長靴姿で立っている。

潮風を焼きつけたような岩崎の赤ら顔が、しきりに下船する客の中から美佐の姿を捜し求めている。

美佐は、旅行バックを肩にかけて桟橋を渡りきると、岸壁でちょっと立ち止まった。

そのまま岸壁から立ち去りがたい気持ちで、桟橋に接岸したフェリー船をふり返って見た。だが船のタラップを下りてくる客の中に、佐原の姿を見つけることができなかった。

「どうしたのだろうか」

美佐はフェリーの昇降デッキをしばらく見つめていた。

このままあの佐原という青年と別れてしまうには、なんだか心残りする気持ちになっていた。

すると、デッキから白い帽子をかぶり大きなリュックサックを背負った佐原が、大股でゆっくりとタラップから降りてくるのが見えた。

佐原の後には、下船する客はおらず最後尾の客となっていた。

佐原は立ち止まるとデッキから手をかざして屋久島を眺めている。遠目で見ても雄一郎の顔は日焼けして逞《たくま》しい。

雄一郎は船から下りて乗船券を船員に手渡すと、白い歯を見せて笑いながら、岸壁にいる美佐に近づいてきた。

「潮音」の主人、岩崎が美佐の旅行バックを車の後部トランクに入れていた。

「ご主人、私はまだ宿を決めておらんのです。もしも空き部屋があったら泊めてもらえませんか」

雄一郎は民宿「潮音」の主人の法被《はっぴ》を認めると声をかけた。

「いいですよ。季節はずれだから部屋はいくらでも空いています。うちは民宿ですが料理には自信があります」

「潮音」の主人、岩崎は急に笑顔を作ってすばやく佐原のリュックサックに手を回して受け取った。

季節は観光シーズンではない。一人でも多くの宿泊客が欲しいところだ。「潮音」の主人は予約客の他にさらに一人の客が取れたので愛想笑いをした。

「ありがたい、じゃあ、お願いします」

美佐と雄一郎は、民宿の軽四輪のライトバンの後部座席に乗り込んだ。

「屋久島に着く前にあなたに出会えて幸運だったのに、宿までご一緒できるとは、なんだか幸先がいいな。おかげでいい調査研究ができそうです」

美佐は笑顔を作ってかるく頷《うなず》きながら、雄一郎の横顔をみつめた。

日焼けして逞しい健康そうな彫りの深い顔がすぐそばにあった。揺れる軽四輪の狭い後部座席で、膝や腕がたがいにふれ合い、雄一郎の汗ばんだ肌から男臭い体臭が滲み出てくるような感触があった。

宮之浦港から十分ほど車を走らせると、海岸からさほど離れていない見晴らしのよい高台のさらに半町ほど奥まった場所に、民宿「潮音」があった。建物は、長年の激しい風雨に晒されていて、あちこちに傷みが歴然であった。モルタルの壁に赤さびのシミが浮き出ていて、新築からすでに数十年の年輪を重ねていることを感じさせた。

「潮音」と書かれた玄関に掲げた手書きの宿看板も、ところどころ白いペンキの字がはげ落ちて、近づいて見なければ文字が判読できないほどに消えかけている。

「さあ宿に着きました、どうぞ降りてください」

民宿「潮音」の主人の岩崎に促されて、美佐と雄一郎は車から降りた。

玄関を入ると雑然としたフロアが広がっている。いきなりフロアーを占領するかのように、樹齢数百年を経たと思われる屋久杉の古木で作った、厚みが六十センチほどもある大きなテーブルが、でんとすえつけてあるのに驚かされた。

「見事な屋久杉のテーブルですね。この重量感が何ともいえないな」

雄一郎が椅子にすわって、しきりにテーブルを撫でながら驚嘆の声をあげた。民宿でまず屋久杉から出迎えを受けたという気持ちになった。

奥には小さな演題のようなフロント台があり、さらにその奥には食堂らしい部屋が見えているが、ほかに泊まり客らしい人の姿は見あたらない。

「いらっしゃい。お待ちしていました」

潮音の女将が奥から顔を出して、愛想笑いをしながらフロアに現れた。まんまるに太った体型から、人の良さそうな気さくな性格がにじみ出ている。美佐がインターネットで民宿を探して電話したのだが、応対に出た女将は、想像していた印象とさほど違わなかった。丸顔の中に糸を引いたような目が笑っている。

「当分の間、お世話になります」

「どうぞ、何日でもいてください。部屋は空いていますから自由に使ってくださ い」

美佐と雄一郎は女将の差し出した宿帳に記帳をすませた。

「佐原さまは一階の奥の大きな部屋を使ってください」

佐原は資料を広げたり、書き物をするために大きな卓台のある大部屋を希望したのだった。

「じゃあ、あとで」佐原は美佐に軽く手をあげて会釈をすると、大きなリュックサックを肩にかつぐと主人の案内に従った。

美佐は女将から二階の畳敷きの八畳の部屋に案内された。階段をあがると二階には、長い廊下が一本通っていて、左右の各部屋はドアで仕切られている。

観光シーズンには民宿「潮音」も観光客でかなり賑わうのだろう。

「こちら側の部屋は、港に向いていていちばん見晴らしがいいのです。フェリーでの長旅でさぞお疲れになったでしょう。ゆっくりくつろいでください、すぐにお茶をお持ちします」

美佐は部屋に入ると、女将が運んでくれた旅行バッグを床の間の隅に置いた。

女将はすぐさま急須と茶碗をお盆にのせて持ってくると、急須に茶を入れて熱湯を注いだ。

「お客さん、この時期に屋久島の観光ですか」

季節はずれの女性の一人旅の場合は、民宿の経営者も関心を持ってしまうのは当然である。さりげなくどのような目的で旅をしているかを聞き出すのが女将の仕事でもある。

宿泊費も払えないような先々面倒になるお客は、早めにご遠慮を願うのが民宿の女将の心得である。

「ええ、まあそんなところです」

曖昧《あいまい》に返答していたが、美佐は急に佐原から聞いたことを確認したくなった。

「近々、益救神社で祭礼があるそうですね」

「そうです、こんどの日曜日には益救神社の祭礼がありますよ。なかなかめずらしい祭りです。お客さんもぜひご覧になってください」

女将は話好きらしく、頼みもしないのに祭りのあらましを話しはじめた。

「この祭りは今から千四百年も昔からの歴史を持っているんですよ。」

民宿の女将の話を聞きながら、美佐が幼いころに見た祭りの有様がよみがえってきた。

「ではごゆっくりなさってください。夕暮れまでにはまだ十分に時間がありますから、くつろいでください」

女将が部屋から去った。美佐は一人になると、遠く屋久島までたどり着いたという気のゆるみなのか、急に全身にけだるさを感じた。

ゆっくりと八畳の部屋に身を横たえると、両足を伸ばして目を閉じた。船酔いも少しはあった。

両手を思いっきり伸ばしてゆっくりと背伸びをすると背中が心地よく、凝った痛みが薄らぐような感覚があった。目を閉じるとたちまちすうーと軽い眠りにおちた。

いつしか美佐は三十分くらい仮眠をしていた。目が覚めると長旅での船酔いもすっかりぬぐい取れたような気分になった。

美佐は外の景色を眺めようと、立ち上がるとサッシ窓を開けた。

窓からはいきなり涼しい潮風が吹き込んできた。海からの風は青くさい潮のかおりを帯びている。窓から少し身を乗り出すと左右に視界が広がった。港の方角から停泊中の漁船のエンジン音がかすかに聞こえている。視線をはるか沖合に移すと、満ち潮になっているのか遠くから打ち寄せてくる波は、幾重にも白く泡立って襞《ひだ》を生じながら横縞の模様を描き出している。

エンジン音のする港の東側を眺めると、防波堤のさらに沖合には幾つもの岩礁があり、波が砕けて大きく白い飛沫《ひまつ》をあげている。フェリーに乗船していたときよりも、風が強くなっているように思えた。

「屋久島に住んでいたのは、いったいいつ頃だったのだろうか」

美佐は波の打ち寄せる風景を眺めながら自問した。

目を閉じて当時をふり返り、指を折ると、実に二十数年が過ぎている。

美佐の父親は、教職にあったために転勤も多かった。父が転勤するたびに、家族も引き連れて離島の小学校を転々とした。

忘れていた遠い昔の苦い記憶が、つぎつぎに脳裏《のうり》に浮かんできた。

美佐はふとわれに返った。傷心の傷を癒す一人旅をしている現在の境遇へと思いがつながった。

美佐はテーブルの上に用意されていた茶びつを開けて、急須に煎茶を入れるとポットの湯を注ぎ、ゆっくりと口に含みながら味わった。

鞄から旅行用品を取り出して整理を終えたが、まだ日は高くすぐに沈みそうにはなかった。

階段を下りて女将に訊ねると、夕食までには、しばらく時間があるという。

美佐は港の風景が見たくなって、「潮音」を出た。

港を行き交う島民はまばらであった。

島の若者たちは、都会に出稼《でかせ》ぎに行っているのであろう、見当たらない。老漁師達が軒下に座って黙々と網を修理している。

若い男衆は漁に出ているのか、道端で出会うのは老人ばかりであった。

道路の脇に積まれた石垣は、暴風雨から家々を守るかのように、堅牢に築かれている。家々も互いに身を寄せ合うように建てられている。わずかに人一人が身体を横にしてすれちがうことができるほどの路地を抜けながら歩くと、道路はどこまでも続いている。わざと迷路にしたようにも思えるほどである。家々の間を石積みで補強して造った狭い路地は、網の目のように幾筋にも別れて細く続いている。ハイビスカスやブーゲンビリアの鮮やかな色の花が垣根や道路沿いに咲いている。

風にゆれて可憐に咲くハイビスカスは南国特有の風景である。

美佐は古い石造りの橋を渡ると、一本の路地から高台に向かう石畳の道を下ってアスファルトの道路に出た。するとふたたび肩を寄せ合ったように建てられた路地になった。　その狭い路地からしばらく歩くと、飛び魚の日干しをする広場になっていて、竿には腹身を開いて干した飛び魚が吊されている。干し魚の独特のにおいが鼻をつく。その脇を通り抜けると、漁業網を天干しする竿が林立する広場に出た。ここまでのぼって来るとかなり高台になっている。その高台から眺めると、あちこちに古い石積みの屋根や石段や美しい石畳などが見える。

美佐はゆっくりとした足取りで歩くと、左右の家並みが遠い昔とそれほど変化していない風景のように思われた。

幼いころ、この港町に住んでいた当時のできごとが、次第に脳裡に浮かんできた。

沖あいから屋久島に向かって吹いてくる海風を、心地よく感じながら、港町の路地をゆっくり歩くと、漁師の夫婦が立ち止まって、美佐の顔を無遠慮に覗き見しながらすれ違った。

屋久島の観光のシーズンを過ぎた季節に、たった一人の女性旅である。都会風の顔立ちをした長髪の女性が、真っ白いワンピースのすそをなびかせて歩いているのだから、島の人々にとって不思議な光景に見えるにちがいない。

かなり歩いたので「潮音」の方向を見定めて近道をしようと、長く狭い裏路地を曲がった。そこから数十メートルほど坂道をくだって抜けたところで、いきなり連写するシャッター音を聞いた。

連写音の方向を見上げると、カメラを持った雄一郎が笑いながらぬっと姿を現わした。

「驚ろかしてすみません。漁師町の路地を探索《たんさく》しながら自然に歩いている今のあなたの雰囲気がとてもいいです。あなたが了解してくれるなら女性専門の旅雑誌に投稿できそうです」

「モデルではありません。勝手にそんな雑誌に載せてもらっては困りますわ」

美佐は言葉で否定しながら、自分に関心を示している佐原雄一郎を意識しはじめている自分に気づいた。

「惜しいな、見てください、実によいアングルですから」

船で出会った時と同じ動作で美佐に近づくと、雄一郎はデジタルカメラで連写した映像を美佐に見せた。

雄一郎が自慢げに見せた一眼レフデジタルカメラのファインダーには、路地裏の陰影の中からぬけ出たように、明るい印象の美佐が鮮明に撮し出されている。画像はそれぞれに動きもあって、神秘的なまなざしがよく表現されていた。

「とても自然な感じで、うまく撮ってくださったのですね」

「そうでしょう。気にいってくれましたか、私の腕前もまんざらではないでしょう」

雄一郎は鼻先に指を立てて得意なポーズをして見せた。

「大学の先生にしておくには惜しい腕前ですわ」

美佐は雄一郎との軽い会話で心がなごむのを感じていた。

「そう思うでしょう、実は高校時代には写真部で腕を磨きました。なんどかコンテストで入選したこともあります」

雄一郎は笑って自慢するしぐさなのか、今度は人差し指で小鼻をこすった。

美佐も目で笑って応えた。なぜこのように佐原雄一郎という男性と波長があうのだろうかと、胸の奥に微妙な高ぶりを感じはじめていた。

美佐は、二十数年ぶりに訪れたこの屋久島の自然が、自分をあたたかく歓迎してくれているようにも思えて嬉しかった。

二人は吹き寄せる海風を心地よく感じながら、浜辺をゆっくりと散策した。

港に打ち寄せる潮騒の音がいつまでも聞こえていた。


「潮音」には、前日に宿泊していた客が一人もいなかったので、結局、その夜の泊まり客は、美佐と雄一郎の二人だけであった。

宿屋の女将、岩崎初子は、気を利かせたつもりなのか、美佐と雄一郎を同じ大テーブルに招いて向かい合わせで二つ膳《ぜん》を用意していた。

女将は二人が散策から一緒に帰ってきたことを知っていた。だから美佐は女将の粋なはからいも自然に思えて嫌ではなかった。美佐は少し緊張を覚えながら雄一郎と向かい合って座った。次第に時間が経つにつれて、雄一郎が目の前にいることが心地良くなっていた。

宿の夕食には屋久島の山や海で採れた珍味が出た。

都会ではとうてい味わうことのできない舟盛りの刺身が食卓を賑《にぎ》わしていた。

女将の説明によると、首折れサバ、キビナゴ、ホタテ、つぶ貝や伊勢エビだという。

首折れサバは鮮度と味を保つための漁師の保存方法だと言った。なるほど身がしまってこりこりとして、脂ものって食欲をそそった。

島で採れた野菜や果物がボールに盛ってある。舟盛りにした三十センチほどもある伊勢エビは豪華である。活き作りなので、ぷりぷりとしていて、長い髭がまだゆっくりと動いている。

「これはすごいな、食欲がそそられる、さすがに屋久島の海の幸、山の幸はすごい、女将さんビールをもらえますか」

雄一郎は満面に笑みを浮かべて女将に注文した。女将はすかさず冷蔵庫を開けるとビール瓶を卓上に差し出した。

「あなたもいっぱい、いかがですか」

雄一郎は勢いよく音を立てて栓を抜くと美佐の了解も取らずに身を乗り出してコップを差し出していきなりビールを注いだ。気をきかせて美佐が雄一郎にもビールを注ごうとしたが、雄一郎は、すぐさま手酌で自分のコップを傾けるとビールを注いだ。

「じゃあ、まずは屋久島での出会いを祝して乾杯しましょう」

雄一郎の声につられて美佐もコップを掲げた。雄一郎のコップのビールは喉を鳴らして一気に胃袋まで通り抜けた。

今度は美佐が気を利かせて雄一郎のコップにビールを注いだ。

「いやあ、ありがとう。美女に注いでもらうと余計に美味しいです」

雄一郎はお世辞をいって快活に笑った。

瞬《また》く間に大瓶のビールが空になった。

女将が厨房から煮物を配膳して差し出した。

「主人が漁をしてくるし、私の郷里の親が山で畑を作っているからね、魚の出し汁で炊いた煮物が潮音の自慢です。どんどん食べてください」

確かに新鮮な魚は、日頃、都会ではとても口にできるものではない。野菜も地物である。これ以上の贅沢《ぜいたく》はない。

「お二人は、何日ぐらい屋久島にいるのかね」

女将が宿泊客の料理の献立を考える必要があるのか、二人に尋ねた。

「おおよそ一週間は滞在する心積もりです。木元さんの滞在予定はどのくらいですか」

「私もしばらく、この屋久島で過ごそうと思って来ました」

「ほんとうですか？　それは有難いな。この宿で、ひとりわびしく食事しなくてすむわけだ」

雄一郎は、笑顔をふりまくとビールの入ったコップを高く捧げた。

実のところ美佐には滞在の予定さえも考えていなかった。いきなり片道切符で屋久島への長旅を思い立ったのだった。

失恋の痛手と婚約破談という悲しくやるせない気持ちがない交ぜになって、東京から一刻でもはやく逃れたい気持ちを抱いての感傷の旅であった。

これから先の展望も開けず萎《しお》れそうになる自分の心をいやす旅でもあった。

美佐にとって雄一郎が失恋の痛手を軽くさせてくれる存在に思えていた。

雄一郎は器用に箸を使い、お頭つきの煮魚を骨から外すと、顎《あご》を大きく動かして黙々と食べている。二本目の大瓶のビールを注文すると手酌で注いで一気に喉を鳴らして飲んだ。その二本目のビールを飲み干すころに、女将が盛ってきた大盛のどんぶり飯を海藻のみそ汁とともに平然と平らげた。

常人以上の健康な胃袋を持っているらしく、食べっぷりは見事だった。よく咀嚼《そしゃく》する顎《あご》が上下にリズミカルに動いた。

美佐は雄一郎の旺盛な食欲に圧倒されながらも、今二人で囲んでいる食卓にこれまで経験したことのない、温かな居心地のよさを感じていた。過去を振り返っても我が家には団らんの場は無かった。また婚約を解消した村田修三とも幾度も一緒に食事をとったが、このような、なごやかでくつろいだ雰囲気は感じられなかった。

美佐もひさびさに心の底から食欲がわいてくるのを感じて箸がすすんだ。

民宿「潮音」の主人岩崎が自慢しただけに、夕食の料理は美味しく満足するものだった。

活きのよい刺身の盛り合わせ、サザエの壺焼き、煮魚、海藻の酢和え、島の畑で獲れた里芋の煮付、野菜サラダなどが次々に膳に出た。そのいずれも手作りの素朴な味付けであった。飯も玄米食に近い七分搗きの米に粟が混ざっていて噛みごたえがあった。

「木元さん、いきなりの質問ですが、なぜ益救神社を尋ねるのですか」

ビールで頬を赤く染めた雄一郎が美佐の顔をじっと見つめながら質問した。

雄一郎には疑問に思ったことは、なんでも聞き出さねば済まないという研究者の性分が顔に現れている。

季節外れに会社を休んで若い女性が、一人で屋久島の益救神社を尋ねるとはどう考えても不自然である。観光として祭礼を見に来たようでもない。

雄一郎が不審に思ったのも当然であった。

「私の祖先は、曾祖父の時代から祖父の時代まで益救神社の宮司をしていたのです」

「ほんとうですか？　曾祖父と言うと、いったい、いつごろのことですか」

「私が幼いころに母から聞いた話なので本当の詳しいことはわかりません。なんでも曾祖父は薩摩藩の武士だったようです。

屋久島に薩摩藩の奉行所があったのですが、曾祖父はお殿様のご命令によって屋久島に渡って来て、益救神社の宮司を務めたとのことです」

「曾祖父と祖父の後はどなたが後を嗣がれたのですか」

「祖父の代までです。私の母親は家を出て小学校の教員をしていた父と結婚しましたから、後はだれも後を継がなかったのです」

「というと、あなたの家は祖父の代で益救神社と縁が切れたことになりますね」

「ええ、祖父には子供は多かったのですが、その後、誰も祖父の後を嗣ぐ者はいませんでした。とくに大東亜戦争の敗戦後は神職はまことに酷《ひど》い暮らしでした。だから口減らしの意味もあって長女であった私の母は祖父の勧める縁談に従ったのです。私の父は鹿児島の離島をめぐる小学校教員で一生を終えました」

「では今回の旅は、何か目的があってのことなのですか」

雄一郎はビールの入ったコップを一気に飲み干すと、じっと美佐を正面から見つめた。

どことなく愁いのある美佐の表情から、屋久島を旅する若い女性に興味を持ったことは自然のなりゆきであった。

雄一郎の目が潤んだようになりながらも、探求心を押さえきれないのかキラリと輝いた。

すでに神道を専攻し民俗学的な調査研究をする学者の目になっている。

雄一郎が美佐の家系に興味を示したことに、美佐は高揚するような不思議な気分がわき上がってくるのを心の奥底で感じた。

「それより、私から佐原先生にひとつ質問してもいいですか」

美佐が一番に聞きたいことがあった。

「なんでもどうぞ」

「佐原先生は、結婚されているのですか」

美佐の唐突な質問に、雄一郎は、じっと美佐を見つめたまま二、三秒時間をおいた。そして雄一郎の顔が気恥ずかしさを隠すかのように目を細めて笑った。

「独身に見えますか？　結婚しています。なぜそんなことを聞くのですか？」

「ただちょっと聞いて見たかったの。気にさわったならお許しください」

「いや構わんです、もしも貴女が私を独身者に思われたのなら、喜ぶべきことですから」

雄一郎は口を開けて声をたてて笑うと、コップにビールを注ぎ、それを一気に飲み干した。

ごくごくというのど越しの音で、喉《のど》ぼとけが上下に動いている。

美佐は唖然《あぜん》としながら、雄一郎の豪快な飲みっぷりを見つめた。

美佐の父も根っからの酒好きだった。

いや、父は亡くなる頃にはすっかり酒に溺れていた。ついにはアルコールの影響もあって完全な痴呆症になった。

ベッドで死ぬ最後まで酒を断ちきることができなかった。

雄一郎の飲み方を見ていると、なんだか幼い頃、父親の膝の上にちょこんと坐っていた頃の自分が思い出された。雄一郎は酒を飲む父の姿とかさなって見えた。

美佐は、フェリー船上のデッキで出会った時から、雄一郎を既婚者だと直感していた。

いかにも落ち着いた人の気持ちをそらさない物腰と、包み込むようなやわらかな雰囲気があった。独身者には真似のできない人を包み込む深い味わいを感じていた。

美佐はやっぱりそうなんだと、自分を納得させねばならないと思った。

心の隅に、もしかすると独身ではないかという淡い期待があったことは否定できない。

失恋をいやすためには、新しい出会いが最も有効な処方箋《せん》だと、ある本で読んだことがある。

自分ではその考えを否定していたのだが、美佐はそれを知らず知らずに肯定している自分を感じた。この旅のどこかに、自分が求めているものが実は何であるかを知って、顔が熱るのを感じていた。

「ところで、あなたは？」

雄一郎が切り返すように美佐に質問した。

「私はまだひとりです」

美佐は、いきなり反問されて、顔が急に火照るような心地で小さな声で答えた。

「そうですか、いや本当にそんな雰囲気です。しかし、なぜ、この季節に屋久島の旅を思い立たれたのですか？　私の質問は、とても遠慮知らずで失礼だし、いささか強引なようですが、いまどうしても聞きたい気持ちです」

美佐は一瞬、雄一郎の顔を見つめて、本当のことを言うべきかどうかを躊躇した。

が、しばらく間をおいて、

「わけがありまして、心を癒《いや》す旅を思い立ちました」

美佐は雄一郎の目を見ながら、意外にさらりと自分の気持ちを吐露《とろ》した。

「そうですか、心を癒す旅ですか、ぶしつけに聞いてしまって悪るかったなあ、どうか許してください」

雄一郎は、無遠慮な質問をした自分の頭を、右手で叩いて頭を下げながら美佐に謝った。

「私は好奇心の塊のような人間ですから、一人旅をしているあなたを見た時から聞かずにはおれなかったのです」

「いえ謝らなくていいんです」

雄一郎は、必要以上に美佐の心情に深入りしたことに気づいていた。

「こんどは私が話す番です、話しを聞いてください。とっておきの面白い話です」

雄一郎は自分の研究する民俗学に話題を転じた。そして椅子の脇に置いてある使い古して手垢で染まった、いささかくたびれた皮鞄の中から、分厚いファイルを取りだした。

「私が民俗学に目覚めたのは、沖縄のさらに南にあります石垣島に旅をしたことに始まります。ご存知と思いますが、石垣島は沖縄県の南端にある八重山諸島の中にあります」

「石垣島は、今でも伝統の文化と芸能が色濃く残っている島ですよね」

「そうです。長く伝承されている有名なミルクの仮面芸能を知っていますか？」

美佐はかぶりをふった。

「たぶん、日本人でも知る人はあまりいないでしょう。八重山では、旧暦六月の豊年祭、旧暦九月から十月には吉願祭、それから季節ごとに行われる節祭、田畑に穀物の種をまく種子取り祭りなどがあります。その祭りで上演されるのが八重山民謡「弥勒節」です。そこでミルクさまが現れるのです」

「ミルクさまとは神様ですか？」

「そうです。江戸時代の寛政のころに遡《さかのぼ》ります。今から二百年以上も昔のことです。八重山の役人であった大浜用倫が職務で首里城へ上る途中、船は台風に遭遇しました。そして遠く安南つまりベトナムかタイか中国南部あたりに漂着したのです。その時にちょうど現地安南では豊年祭が開催されていたのです。用倫はそこに祀られている弥勒菩薩《みろくぼさつ》に出会ったわけです」

「弥勒菩薩とは?、奈良の飛鳥寺の弥勒菩薩をいちどお参りしたことがあります。その弥勒さまですか?」

「ええその弥勒菩薩さまです。弥勒菩薩は豊年と泰平をもたらす神様です。ですから現地では五穀豊穣をもたらす神様として深く信仰されていたわけです」

「それが、お役人が安南に漂着したというご縁で石垣島に伝わったのですね」

雄一郎はノートをめくりながら説明を続けた。

「大浜用倫には新城筑登之という部下が随行していたわけです。新城筑登之には、現地で被っていた弥勒面と衣裳を持ち帰らせて、用倫が自ら作詩した「弥勒節」を授けて、以後新城家で保管するように命じたそうです」

「それが現在までずっと続いているのですね」

「新城家の子孫がミルクのお面を代々受け継いでいるのです。すごいことです。ミルクさまというのも弥勒様がなまって親しみをもって呼ばれています」

「どんな祭りなのですか。とても興味がわいてきますね」

美佐は身を乗り出して、雄一郎の口元を見つめた。雄一郎は冷水を一口飲んで、しばらく話す間を置いた。

「そうでしょう。民俗学はですね、長い伝統で厳格に守られてきた儀式の中に秘められている謎を解くようなおもしろさがあることに気づきます。ミルクさまも厳格なしきたりを守っています。とくに結願祭は十二年に一度、しかも寅年に行われるのですよ」

「十二年に一度といえば、干支《えと》にあたりますね」

「そうです。そこが実に面白いのですよ。しかも祭りの日取りは、神司という名の女性によって決められます」

「ミルクさまの面を保管している新城家はどのような役目があるのですか？」

「大切な役目があります。ミルクさまは代々、新城家の男子が面をかぶってミルクさまを演じるのです。その前に、神司が神前にミルクの面と神酒とを供えて入魂の祈りを捧げてはじめてミルクさまの面に魂が入るのです」

「ミルクさまはどのようなお顔なのですか」

「白粉を塗ったようなにこやかな顔でしてね、特徴は大きな耳たぶです。面も大きくてユーモラスなお顔です」

雄一郎はファイルに入れていたミルクの写真を取りだして美佐に見せた。日本国内では見かけない風貌《ふうぼう》のミルクさまが写っている。親しみのある顔立ちで一度見たら忘れられない面立ちである。衣裳はカーキ色に染められた芭蕉布のようにも見える。衣裳と同じ丸い腰帯を締めている。白足袋に高下駄を履《は》いている。右手には大きな蝶が羽根を広げたような団扇を持っている。祭りに参加した多くの老若男女は、赤い鉢巻きを額の前で結んでいる。南国の太陽のもとで繰り広げられる明るく開放感にあふれた祭りが、写真から想像できた。

「いいですね。私も一度、石垣島を訪ねてみたいですわ」

「十二年に一度です。いつか一緒に行きませんか」

「ええ、ぜひ行きたいです」

「いいですね。結願祭は集落の御願所である「天川御獄」で行われます。それは盛大でして、前夜には唄、三味線、太鼓を奉納する「夜籠の祈願」が深夜まで行われるのです」

雄一郎は石垣島のミルク祭の話を終えると、今度は屋久島の地図を取りだしてテーブルに広げた。

かなり使い込んだ地図であった。折り込みシワと手垢やシミがついている。折り目が破れたものか裏打ちで修復した箇所もあった。

新聞紙の全紙大の地図には、ボールペンによる書き込みがあちこちにある。

美佐には民俗学者の研究の一端を知った思いであった。

「いろいろと書き込んでありますね。よく研究されているのですね」

「ええ屋久島については一応調べてきました。まず、屋久島の気候ですが、島の海岸線が黒潮に洗われていますので、年中温暖です。冬季でもめったに降霜や凍結を見ないのです。しかも年間の降雨量は平地で四千ミリメートル、山岳地では一万ミリメートルにも達するのです。地理的には台風が常習的に襲来します。冬季には宮之浦岳などの高山では降雪があります。こうした、豊富な雨量をともなう自然環境ですので屋久島では豊かな植物相となっています。海岸一帯は亜熱帯林なのですが、宮之浦岳などの二千メートルに近い高峰になると亜寒帯林になります。つまり等高線にそった形で植物の垂直分布が見られるのです」

雄一郎は鞄から別のノートを取りだして広げた。

「千七百メートルから上に植生する植物は、ヤクシマシャクナゲ、ヤマシマザサなどの高地風衝林帯です。立ち枯れ姿のヤクスギの枯古木も見られるようです。その高地から高度が下がって等高線で七百メートル付近まではヤクスギ、ツガ、モミ、ヒメシャラ、ヤマグルマなどの針広混交樹林帯です。それから以下標高百メートルまではイスノキ、タブ、ウラジロガシ、スタジイなどの照葉樹林、それから海抜ゼロメートルまではガジュマル、アコウなどの亜熱帯性常緑広葉樹林帯となるのです」

「思い出したことがあります。小学生の頃に、屋久島には他の島には見られない色々な種類の樹木が多いことを先生から聞いたことがあります」

「そうです。種類も多くて、固有植物も五十種類にも及ぶそうです。その中で最も有名な植物が屋久杉と呼ばれる樹齢千年以上の天然杉が広く知られていま す」

「こうした屋久島の特異な自然の中で、先生が屋久島についていちばん興味深く感じているものは何でしょうか」

「屋久島の神道です。これはまことに興味深いものがあります。式内社としては日本最南端の「大隅国馭謨郡・益救神社」です」

「記録した書物があるのですか」

「日本書記にあります。今から千四百年も前の推古天皇の時代の記録です。ちょうど飛鳥時代です。三十人もの掖玖(屋久)の人が都を訪れています。朝廷も掖玖に高官を派遣したことが記されています。また同じ頃、二度にわたって琉球に行った随の使節の水先案内を務めたのが掖玖人であったと伝えられています。昔の屋久島の人々は航海術に優れていたことが想像されます」

「式内社とはどんな意味があるのですか？」

「醍醐《だいご》天皇の御代ですから今から約千百年前にあたります。勅命《ちょくめい》により日本国内の有名な神社を調べて登録したのです。神社は三千一三二座が登録されたのです」

「その中に益救神社もあるのですね」

「そのとおりです。掖玖島の名神として記録されています。屋久島のことです。当時、よくそこまで調べたものです」

「益救とはどのような意味なのでしょうか」

「私の調べた資料によりますと、かつては「ますくい」「すくい」と呼んだようです。現在は字をそのまま読みこんで益々救ってくださる神様「救の宮」とあります。あの浦島太郎の伝説の竜宮が掖玖島だとも解説したものもあります。また、古代の「多禰国」の一之宮的存在だったようです。そして国造や国司の館のあった種子島にも遙拝所がありました。この屋久島の益救神社の御神威は、琉球まで知れわたっていたとあります」

「おぼろげながら祖父からそのような話しを聞いたようなかすかな記憶がありま す」

「つまり益救神社は、薩南、奄美、琉球諸島の航海の神として信仰されていたようです」

「神道で島がつながっていたのですね」

「そうです。いま言いました島々は、道の島と呼ばれていたわけです」

「たしか益救神社の御祭神は、山幸彦をはじめたくさんの神々が祭られていたように思います」

「その通りです。山幸彦は火遠理命、またの名を天津日高彦火火出見尊といいます。その神様のほかに六社が祭られています。神仏習合の時代には「一品宝珠大権現」と称していました。一品とは正一位、宝珠とは『古事記』に出てくる「海幸と山幸」の神話に出てくる海人族の宝物、潮満珠と潮干珠のことをいいます」

「すると屋久島は、海幸彦、山幸彦の伝説の舞台ということですか」

「その通りです。二千年以上の伝説を秘めた神道の島というわけです」

「奈良、平安時代に国造や国司が治めた後の鎌倉時代やそれ以降の屋久島はどうだったのですか」

「中世以降は薩摩国河辺郡の十二島の地頭職だった島津氏の支配に属しました。応永十年には肥後左近将監入道、別名、種子島清時の忠節に対して屋久と恵良郡の二島が与えられて、以後は種子島氏の支配となりました」

「それから後はずっと種子島氏が支配を続けたのですか」

「いいえ、文禄四年、一五九五年に太閤検地の際に種子島氏からの支配を離れました。江戸時代になって、ふたたび島津氏が支配して明治維新までずっと支配が続きました」

「その間は、益救神社はどうなっていたのでしょうか」

「あくまでも野史のような記録ですから定かではありませんが、江戸時代に入ると、屋久島は薩摩藩領となったのですが、貞享元年（一六八四）に宰領として赴任した薩摩藩士、町田孫七忠以が益救神社の荒廃を聞いてそれを嘆いたようです。そして神社の跡地を探し出して翌年に社殿を再建したとあります。この時には古記も失われていたようです。おそらく屋久島の古老から聞き出した祭神は火火出見尊が明らかだったようです。文久三年には薩摩藩が直営で社殿を造営したと藩史にあります。当時は神料として三十石が献じられています」

「するとその頃、私の祖先がこの島に移り住んだのですね」

「記録に残っているはずです。もう少し調査と研究をしてみることにします」

「屋久島は驚くほどの長い歴史を秘めた島なのですね。曾祖父がこの益救神社に来た経緯が少しずつわかりました」

「神道は島の季節や気候にも深くかかわっていますよ。屋久島はひと月に三十五日雨が降ると言われるように降雨量が多いのです。年間の降雨量は平地で四千ミリ、山岳部では一万ミリという桁《けた》はずれの降雨量です。また、山岳地帯は亜熱帯から亜寒帯にわたる豊富な植生があるのには驚かされます」

「豊富な降雨量が、縄文杉のような巨大な樹木の長い生命力を保つことに役だっているのですね」

「そうでしょう。なみはずれた降雨量により、水力による電力源にも恵まれています。また森林地帯はほとんどが国有林です。これまでたくさんの巨木を伐採しながら良材を産出してきました」

「国有林でしたら、いまでも野生の猿や鹿が生息しているでしょうね」

「むかしは、俗に猿二万、鹿二万、ヒト二万と言われたようです。それに加えて屋久島はパワースポットがある島といわれています。気のエネルギーが高いのです。日本は世界的にみても火山の多い国ですから、パワースポットが全国各地にあります。どうも地球の内部から地表に吹き出すマグマや火山と関係しているという学説もあります」

「日本各地に神社仏閣が多いのもそれと関係しているのでしょうか」

「火山は地下のマグマが噴出しているので、強力な磁場を生み出すのです。当然に地のエネルギーに関係したパワースポットができるのでしょう」

「縄文杉のように数千年も生き延びる樹木が存在するだけでも、この屋久島には巨大なエネルギーといいますかパワースポットのようなものを感じますね」

「とにかく屋久島は、南西諸島の中でもとくに大きな島で、隔絶《かくぜつ》した環境を維持しながら現代にいたっています。今なお国の原生林が開発されないまま保護されて来たことから、島のあちこちに縄文時代からの長い歴史と、古来からのエネルギーがそのまま保たれているのです。まさに神秘的な魅力を秘めた島といえるでしょう」

「すると古代からの自然の霊的なものが、今なお多く残っているということですか？」

「私はそのように考えています。屋久島は島全体が構造的に不思議な地形を形成しています。宮之浦岳という九州で最も高い峰が島の中心に位置して、幾つもの高い峰が宮之浦岳を囲むように連なっています。その高い山々は実に数十座もあって、ほかの島々にはない地形をなしているのです。

島の周囲は一三二キロで東西は二十八キロ、南北は二十四キロでほぼ円形に近く、とても珍しい地形になっているのです。ですから、この地形が天からのエネルギーを受けて、また火山という地下から噴き出るエネルギー、つまり地球の生命系のエネルギーも生み出されていると考えられています。この端的な対象が屋久杉です。これらのエネルギーの存在なくしては、植物が数千年も生き延びることはできないはずです」

「古代からの生命が今なお生き続けていることは、それだけでも不思議ですね」

「あなたがおっしゃる通りです。それだけでも人々の信仰の対象となるような不思議な島なのです。魚類では古代の生物としてはシーラカンスが有名ですが、植物では屋久杉を越える樹齢を誇る樹木はありません。ある意味では不老長寿を証明しながら生きている、大変貴重な植物ということです。

もう一つ島の歴史と人物についてもお話しましょう」

雄一郎は、ノートをめくると新たな頁を開いた。

「実は屋久島には泊如竹という人物がいました。歴史とともに忘れ去られていますが重要な人物です。彼は江戸時代に屋久島の安房に生まれて京都で僧侶となったのですが、島民にとってかけがえのない功績を残しています。ご存知ですか？」

美佐には泊如竹という人物について記憶がなかった。

「泊如竹という人物については存じません。どのような人物なのですか？」

「興味があるようなので、かいつまんで少しお話しましょう。泊如竹は屋久島出身の僧侶でしたが、なかなか優れた政策家でもありました。屋久島から本土に渡りまして学問を重ねて僧侶になりました。その後は伊勢や琉球で活躍していましたが、寛永年間に薩摩藩の島津氏に招かれました。そこで藩主から屋久島の経営について献策《けんさく》を求められたのです」

「そのお坊さんは屋久島に生まれたので、島民の暮らしぶりを肌で知っているという理由からですか？」

「当然、それもあります。豊かさと厳しさを持つ屋久島を知り尽くしていなければ、的確な政策は実現できないでしょう。泊如竹は島民の生活を安定させることとあわせて、島津藩の経済を潤す政策として屋久杉の積極的な利用を提言しています」

「屋久杉を伐《き》って、島民の暮らしを支え、さらに寺社仏閣等の建築資材として活用するというわけですか?」

「屋久島の杉は主に屋根材の平木として利用しています。風雨に強い材質なので神社の建築材料として適しているので大きな需要がありました。そこで、藩は屋久杉の杉板に目をつけたのです。その結果、平木は島民の年貢にもなりました。余分な平木はすべて、当時屋久島に設置された奉行所が一手に引き取って、かわりに穀類や衣類などと引き替えています。つまり平木は貨幣のような役割も果たしています。そして屋久島奉行所は生産から消費にいたるまでの一貫した流通経済と支配体制を確立したわけです」

「しかし巨大な屋久杉を平木にするのは、大変な作業だったのではありませんか」

「その通りです。屋久杉は等高線でいえば約千メートル級に植わっていたのですから、その木の切り出しは大変な苦労をしています。電気ノコのない時代ですからすべて人力にたよらなければなりませんでした。このため巨大な屋久島杉を一本伐るためには七、八人がかりでした。一週間から十日はかかったようです。倒した後に平木にするには木こりが十人で取り組んでも一ヶ月以上もかかったとあります。山の共同小屋に集められた平木は背負って奉行所まで運ばれました。その仕事は女性の仕事でした。宮之浦の民俗資料館には当時の山仕事の様子を知ることができる斧やノコギリなどの作業道具が展示されています。幹周りが十メートルほどの巨大な屋久杉を切る時は、木魂《こだま》様に祈りを捧げる儀式を行った後に初めて斧を入れています。伐採した後には杉を植える業務もありました。また近世では伐採は許可制になっています。屋久島では山林の保護も島嶼《とうしょ》経営が念頭にあったのです」

「切り倒すだけでも大変だったと思います。さらに平木はどのようにして作ったのですか」

「屋久杉は油脂が多くて腐食されにくいので屋根材として大変に珍重されました。平木とは短冊型に加工したものです。手割りして薄い平木を作るためには柾目が得られる屋久杉が求められました。当然、根株に近いところは木目が乱れています。そこで素性のよい木を切るために高い足場を組んで木を伐り倒していました。チェーンソーの無い時代に巨木を斧だけで切り倒すことは工夫と根気と努力が必要だったに違いありません。そのうえ、人の背中に負って幾重もある山や谷を越えて奉行所まで運んだのです。巨木を相手にする木こりは、まるで蟻が巨木に取り付いているように見えたでしょう。これが何と三百年以上も続けられたのです。驚くべきことと思いませんか？」

「驚きました。おさない頃、この島に住んだことがあったのに山仕事については私はあまり詳しく知りませんでした」

「知らないのは当然です。現在は伐採は厳しく禁止されています。当時の屋久島は、泊如竹の献策のお陰で他の多くの島々とはちがって、平木と物物の交換によって生活物資の供給を受けることができました。ですからある程度は安定した生活が維持できたわけです」

「すると歴史上、屋久島では飢えて島民が餓死《がし》したというような悲惨な記録はないのでしょうか」

「私の知る限り、大きな飢饉の時に、国内の各地方で数千人もの餓死者が出ています。島津藩の植民地的な支配はありましたが、そんな時でも屋久島には餓死者の記録はないのです。ですから私は、歴史学、地史学、民俗学の面からも、島民に恩恵を与えてきた屋久島にたいへん魅力を感じています。そんなことから屋久島全体を研究対象にしているわけです」

「すばらしい研究ですね。とても興味のあるお話を聴かせていただきありがとうございました。幼い頃、この島で育った私ですが、もう少し屋久島の歴史について知りたくなりましたわ」

「どうか、この機会に民俗学とか歴史に興味をもってください。大歓迎です」

雄一郎はファイルを皮鞄に納めるとコップに残っていたビールをあおった。そして、やおらテーブルに盛られた食事にふたたび箸をつけた。美佐は雄一郎が大皿に盛った大魚のアラ炊きを、器用な箸さばきで口に運ぶ姿をほほえましい思いで見つめていた。

雄一郎はアルコールにはめっぽう強いらしく、三本目のビールの大瓶を空にすると屋久島特産の焼酎を注文した。饒舌《じょうぜつ》になっていた雄一郎は、コップに注いだ焼酎に屋久島水を注ぐと、無造作に手でかき混ぜると目を細めながらぐいっとあおった。

「これは美味い、貴女も少し飲んでみてはいかがですか」

美佐は焼酎をあおる雄一郎のたくましい首筋と嚥下するたびに上下する喉ぼとけを見つめながら、溺《おぼ》れるほどに酒好きで、ついにはアルコール中毒から痴呆症状へと進行して人生を棒にふった亡き父のことをふたたび思い起こしていた。

いつしか雄一郎は、焼酎「三岳」の一升瓶を注文した。コップに注ぐと今度は湯で割って飲んだ。

この調子だと、屋久島に滞在中に空になった一升瓶が何本か並びそうな気配である。

雄一郎は美佐と話しながら、コップで三合ほどの焼酎を飲んだ。

雄一郎はふっと大きく息を吐き出すと、右手で顎をなでる癖があった。

美佐の父親もそうだったと淡い記憶が甦った。

父は目の前に酒があれば、それが空になるまでとことん飲みほさなければ気がすまない性格だった。

小学校の教諭といえば、島では知名士の中に入る。贅沢をしなければ普通の暮しで生計が維持できるはずであった。

しかし木元家は、そのような生計を維持することができなかった。

父はツケのきく店のあちらこちらで酒を呑んだ。

そのために毎月の俸給のほとんどはツケの支払いで消えた。

賞与や給料の時でも、飲み代の残金が溜まっていたから、家に持ち帰るのは、ほんの僅かであった。

本来ならば公務員の家庭は、島中の家庭より恵まれた給料生活者なのだ。だが、木元家に限っては給料をまったくあてにできないほどに貧しい家計だった。

ついに母は生活のために、島民や漁民を対象にした食堂を始めたのだった。

「こうでもしなければ、家族は暮らしていけんからね」

母親は口癖のように美佐に言い聞かせていた。

小学校教諭の妻であればふつうの生活ができた時代だったが、木元家の家計は厳しいものだった。歳の暮れになると決まって掛けで飲んだ父の飲み代の借金の返済に消えた。

かろうじて漁師や漁村の人たちが、母親の経営する食堂を利用してくれたおかげで、どうにか最低限の暮らし向きが立った。

必死で働く母を見ていたから、幸せな普通の家庭がどんなものかを想像することができなかった。

母親は何かに取り憑いたように一心不乱に働くことで、苦しい現実の生活を忘れようとしていた。母親のことを想えば、ある意味では、もはや幸せな家庭をあきらめてしまって、父親の放蕩《ほうとう》を許しているようにもみえた。

だが、心の中には秘めた鬱積《うっせき》したものがあったに違いない。

父が亡くなると、母は還暦を過ぎてから短歌の世界に興味を示しはじめた。

神道と神籤《みくじ》は切り離せない占いである。

神籤には古来より道歌《どうか》のような和歌が載っている。

幼い頃から、神籤作りを手伝った母親には、自然に和歌に言霊《ことだま》を感じて育ったのかもしれない。短歌は生活の中で口ずさんだ歌であった。空虚な気持ちを埋めるためには、新たな目標が必要であった。

そこで母親はある短歌の会に入会した。

それからは朝から晩まで短歌に夢中になって歌の修業に励んだ。今まで胸の奥に澱んで鬱積した思いが、ほとばしり出るようにして短歌が次々に口をついて出た。

制限された五七五七七調の三十一文字の中に、思いを盛り込めることで、母の生活に精彩が生まれた。わずかな年金だけの生活であったが、亡き父の年金でどうにか暮らしができた。

毎月行われる合評会では、常に短歌会の選に入る作品が次第に増えていった。

数年前から美佐は、母親が書きためた歌を歌集にして出版することを勧めた。

はじめは遠慮気味で、出版を拒んでいた母親だったが、美佐の孝行の思いが堅いことを知ると次第に自選の歌を選ぶのに熱が入った。

美佐は母親が詠んだ歌を選んでいて、思いがけず幾首もの愛の歌を眼にすることになった。

それは亡き父のことを詠んだ歌ではなかった。短歌は母親が胸の奥底に秘めていたある青年への心のさけびでもあった。

家族の食い扶持《ふち》を減らすために、仕方なく親の言うなりに結婚するしかなかった母である。

秘かに自分が思いを寄せた青年とは、ついに結ばれることもなかった。その無念さや怨念のようなものが、忍ぶ恋の歌となって綴《つづ》られていた。

幼い美佐も母親の食堂で配膳の手伝いをしたことがある。

寒い冬のある日、母は、父と大喧嘩をしたことがあった。家をたたき出されて泣きながら母は私の手を引いて家を飛び出した。

行くあてもない母と私は、連れ込みホテルのような裸電球だけの寒々とした三畳一間の安宿に泊まった。布団を借る費用もなく、母と抱き合って寒い夜を明かした疼《うず》くような悲しい記憶がまだ心の奥底に残っている。

その時の哀しい思い出を髣髴《ほうふつ》とよみがえらせるような歌も、詩集に加えられたのだった。


美佐はしばらく雄一郎との雑談につきあった。別に強制された訳ではなかった。雄一郎のそばにいるだけで気持ちがくつろいだ。

女将が食堂に来た。

「お風呂が湧いていますよ、どちらか先に入浴して旅の疲れをとってください」

「そうですか、お先に失礼していいですか」

「どうぞ、どうぞ、私はもう少し飲んでいます。たぶん今夜は入浴はしないでしょう」

美佐は雄一郎に軽く頭を下げると食堂を出た。雄一郎はふたたび注文した焼酎を飲みながら鞄の資料を読んでいる。美佐は雄一郎を食堂に残すと女将から浴場に案内された。

民宿にしては思いのほか広い浴槽だった。屋久島の水は軟水である。洗っても石鹸が残っているような感覚がする。湯につかると肌にやさしい軟水特有のぬるっとしたぬめりの感触が身体にまとわるのだ。幼い頃に屋久島で過ごした思い出が蘇った。

母と風呂に入ると、母はこの軟水で美佐の長い髪を洗ってくれた。

美佐は幼い頃から髪の毛が多くて美しいと褒《ほ》められた。風呂から上がると母がいとおしむように丁寧に長い髪を梳《す》いてくれた。

美佐が成人した今も長い髪のままでいるのは、幼い頃からの習慣を引き継いできたからである。

美佐は肌に心地よい温湯に浸りながら、失恋した心が次第に解きほぐされていくのを感じていた。

翌日、午前十時を過ぎたころに、雄一郎と美佐は民宿潮音を出発して益救神社にむかった。

昨晩に予定していた時間より三十分以上も遅れていた。

「やあ、昨夜はすっかりいい気持ちになり、飲み過ぎました」

「昨晩はよくお酒を召し上がりましたね」

美佐は民宿の玄関先に出てきた雄一郎の顔を覗いた。雄一郎の呼気からは何となくアルコールのにおいも感じられた。

今朝方は、食堂では顔を合わせなかった。

朝飯を抜いているのかも知れない。

「朝食は召し上がりましたか」

「茶漬けで、無理矢理に胃袋に掻《か》き込んできました。昨晩は一緒に付き合ってもらったのでつい調子に乗ってしまいました。これが私の悪い癖です」

雄一郎は母親から叱られた少年のように頭をかいた。

美佐は雄一郎の性格は豪放に見えるが、一方では自分の気持ちを抑えきれない青年のような感情に触れたおもいだった。

美佐は微笑を浮かべながら黙って聞いていた。

宮之浦港からそれほど遠くないところに益救神社があった。が、それでも民宿「潮音」からは歩いて十五分はかかった。

参道には人の背丈よりもかなり低い石像の仁王像が両側に建立されている。

この神社は明治時代の廃仏毀釈《はいぶつきしゃく》が盛んだったころには、仁王像が毀《こわ》されるのを恐れたという。

仁王像は心ある氏子たちによって、地中に深く埋められたが、過激な運動がようやくおさまってから、再び掘り出されたという逸話が残っている。そんな話を「潮音」の岩崎主人が話してくれた。

神社の参道口からの風景は、美佐にとって実に数十年ぶりであった。参道の大鳥居の左右には紺色に染め抜かれた二本の大幟旗《のぼりばた》が、海からの風にはためいている。階段の石段を上がると、まっすぐに本殿にまで続く参道になる。

美佐は腰を屈めると、幼いころに踏みしめた参道のぐり石と砂利を、掌に掬いあげてそっと触れてみた。立ち上がって左右を見回すと、参道脇に植えられた松の並木が、むかしとほとんど変わっていないように思えた。

松の根株は戦時中は燃料に使われたというが、この参道にはもはやその痕跡はなかった。

本殿は鬱蒼《うっそう》とした鎮守の森の中央に鎮座している。崇敬をあつめた神社の往年の名残りを留めていることに、美佐は内心ほっとした。

参拝する客はまばらであった。

祖父の命令で、おさない頃、竹箒で参道を掃き清めたことが悲しくも懐かしく甦《よみがえ》ってきた。

自分が小さかったからであろう、当時は参道の道幅がずいぶん広かったように思えた。だが成人してから見る今の参道は昔ほどの広さを感じない。

二人は玉砂利を踏みしめながら、ゆっくりとした足取りで本殿に向かった。

益救神社の本殿は、屋久杉の木材が使われていて、古色を帯びてどっしりとした重厚さを備えている。神殿の屋根は、杉の厚い木肌葺きが他の神社よりも社格が高い印象を与えている。

二人はそろって拝礼に臨み、柏手を打って本殿に礼拝した。社務所には人影はなかった。

「改めて後日、神職には由緒《ゆいしょ》を尋ねることにします。今日はひとまず境内を散策しませんか」

「いいですね、ここで過ごした幼い頃のことが懐かしく思い出されます」

「そうでしょうね。これだけの由緒ある神社の神職をされていた、あなたの曾祖父や祖父の生き方にとても興味を覚えます」

「びっくりするほどつつましい生活でした。そんな生活から抜け出したくて、少しでも暮しが楽になりたいという強い思いがあったのでしょう。当時ですね、養蚕《ようさん》が盛んで、養蚕技術者は引っ張りだこでしたから、ゆとりのある暮らしむきができていました。だから、最善の良縁として祖父は決断したのだと思います。私の母が、教師であった父と一度も見合いをすることもなく、互いの両親の約束だけで結婚することになったのですから」

「戦前の娘さんは親には絶対に服従でしたから、そんな無茶なこともできたのでしょう」

雄一郎は憤慨《ふんがい》した顔で言った。

「私もそのような結婚は到底できないです」

美佐は雄一郎の目を見ながら、二三度首を横にふった。

「もしかするとあなたのお母さんは、結婚する前に好意を抱いた男性がいたのではありませんか」

「ええ、母から素晴らしい従兄がいたとたびたび聞かされたことがあります。しかし大戦に招集されて南方の激戦地で戦死したそうです」

「あなたのお父さんとお母さんは、おたがいに好きでもないのに、親同士の身勝手な約束で結婚させられたのです。おそらく満ち足りないお互いの気持ちがそのままでせつない人生を過ごしたように思います」

「わたしもそう感じています。人生はなかなか思うようにはならないものですね」

雄一郎は美佐の目を見つめて無言で大きく頷いた。

鬱蒼《うっそう》とした神域の長い参道を歩くと、美佐には祖父とともに益救神社で過ごした五歳ころまでの懐かしい思い出がふたたび甦ってきた。

美佐には兄たちと朝起きると、まず一番にやらねばならぬことがあった。それは竹箒で境内と参道を掃き清めることであった。掃除が終わらなければ朝食のお膳につけなかった。

今歩いてみても境内の参道は驚くほど長い、それを掃きながら参道を清めることはかなりの重労働であった。

竹箒を握って一心に道を清めるためには時間がかかる。冬場は朝起きる時は暗いうちから起こされた。しかも厳格な祖父が、境内の見回り点検を終えたあとに許しがでて、ようやく朝食となった。

美佐の母千里は益救神社宮司の長女であった。ほかに四人の兄弟がいた。

子だくさんの家庭であったが、当時はどこの家庭も同じように子供が多く生まれていたので大世帯が多かった。

　戦前の神社は官営であったから、県社であった益久神社の神官には県から俸給がもらえた。その頃までは豊かな暮らしむきには程遠かったが、それでも毎月決まった俸給が支給されていたのだ。俸給によって七人家族の一家がどうにか暮らしを立てることができたにすぎなかった。

　しかし戦後間もなくＧＨＱによって国家神道は廃止されてしまった。祖父は一介の元県社の宮司となった。だから敗戦以後も神職を続けながら生活していくことは、容易なことではなかった。

　戦後の十数年間、神社の惨状は、ひとり益救神社にとどまらなかった。国家神道の精神は完全に失われて、日本各地のおもだった神社は生活のために神社所有の田地や山林を切り売りして手離していった。戦勝祈願であふれた神社には、敗戦後は参詣《さんけい》する人も激減し、賽銭《さいせん》による収入も僅かになり、神社を護持する人々も減るなかで生計は困難を窮めていった。

　社殿は暴風雨の被害を受けても補修も容易にできず、歳月とともに次第に老朽化するにまかせた。とくに木製の鳥居は朽ち果てていったのだった。

二泊目の夕食は美佐一人であった。雄一郎は、二日酔いも醒めたらしく学術調査のために、民宿を出たまま夕方になっても戻ってこなかった。

夕食は美佐の好みに合わせたかのように、新鮮な野菜を混ぜ合わせたサラダが大きなボールに山盛りに出た。味噌汁は上手に煮出しを取っているらしく美味しい。魚介類と野菜を入れた土鍋が出た。これも一人で食べるには惜しいほどに新鮮で美味だった。

「先生は村の青年団の若者たちと、会ってくるといって出ていきました。研究のためには島民の人との繋がりを深めんといかんからね、もしかすると今夜は遅くなるかもわからんね」

岩崎の女将が配膳をしながら言った。

食卓には、さらに海で獲れた魚の刺身や海草と山菜の味噌和えと煮魚が出た。

民宿ではあるが、女将の話では主人が自分で小さな釣り船を持っていることも教えてくれた。肴はどれも屋久島独特の味がして新鮮だった。

しばらくすると宿の主人は調理が一段落したらしく、焼酎の入った一升瓶をぶら下げて美佐のテーブルにやってきた。すでに厨房で酒を飲んでいたらしく酔っている。潮風に焼けて目尻に小ジワの多い顔が、焼酎によって赤黒くむくんで見えた。

「どうですか、一人で飯を食うのも味気ないどん。ちょっと屋久島の美味い水で割った焼酎を飲んでみらんですか。いっぺんで気に入りますばい」

美佐は民宿の主人の顔を見ながら一瞬、酒好きだった父のことが思い出された。

思えば父はケタ外れに酒豪だった。いや酒豪というより、ついにはアルコール中毒で入院して、長い闘病の後に痴呆症になって病死した。亡くなったのは七十才を少し越えた年齢だった。

美佐は父親の血筋を引いているので、飲めばいくらでも飲めるのだが、酒に溺れた父親との苦い思い出のある美佐は、すぐには酒を飲む気持ちになれなかった。

「ごめんなさい。わたしはお酒は飲めません」

美佐は差し出されたコップを手でさえぎって、手を合わせてわびた。

「そうか惜しいなあ、そういわず折角だからどうですか、一口でも含んで匂いをかぐだけでもいいですばい」

何度か宿の主人と押し問答をしていると、

「ご主人、じゃあ、私がかわってご馳走になりましょう」

いつの間にか雄一郎が食堂に現れて二人の話に割って入った。雄一郎は美佐に差し出していた湯飲み茶碗を、宿の主人の岩崎から受け取ると、ぐいぐいと飲み干した。

すでに青年団の若者たちと、酒を酌み交わしたのだろう、顔が赤い。

「どこに行っとたですか。待っておりました。さあいっぱいやりましょう」

飲み相手が見つかった宿の主人は、雄一郎の差し出したコップに気前よく焼酎を注いだ。

雄一郎の飲みっぷりはいい。ぐっと飲み干すとふーと大きく息を吐いた。

「いや、こりゃうまい」

いつの間にか二人は意気投合している。

たがいに酌み交わしているそばで、美佐は食事を終えると、茶を飲みながら二人の話を聞いていた。

「先生の飲みっぷりはまことに見事ですな」

「いや実に美味いです、腹に沁《し》みわたる。折角ですから、もういっぱいご馳走になりますか」

「よかよか、どんどん飲んでください」

岩崎主人は、両目を細めながら雄一郎のコップに一升瓶に入った焼酎を片手で注いだ。

「この焼酎のアルコールは二十度じゃが、割らんで飲む方が美味いのじゃ」

頷きながら雄一郎は美佐にもちらと笑みを返しながら、岩崎主人の注いだ焼酎をあおった。

「先生、ところで屋久島に来て学問的に珍しいもんを何か探し出すことができましたかな?」

「一日目は宮之浦町の図書館に行って郷土資料室を覗いてみましたが、まだこれといって民俗学の研究に役立つ資料を見つけることができませんでした」

「そうですか、じゃあ酒の肴としてわしの話しを聞いてくだっしゃい」

やおら岩崎主人が、コップをテーブルに音をたてて置くと皿から干物を取って口に銜《くわ》えながら雄一の眼をのぞき込むように見た。

「先生は屋久島の研究に来たといってましたから、実は話そうかどうかとじっと考えとったことがあります。私が親父から聞いた屋久島の奇怪な伝説を話しましょうかね」

「そりゃ、おもしろい、ぜひ聞かせてください」

雄一郎は身を乗り出した。

神道とそれに付随する民俗学を専攻している雄一郎が、手始めに聞くのが伝説や民話である。そこには対話にいたる共通の糸口が見つかるのである。

民俗学はまず住民からの聞き取り調査から始めるのが常道である。だが、なかなか聞き取りという作業は容易ではない。古老は得てして話すことに慣れていない。

それを要領よくしかも根気強く聞き出すためには、何よりも忍耐が必要である。また話す者と聞く者の間の人間関係が良くなければ、聞き取る内容は浅いものになってしまう。

聞き取りは簡単なように見えても、学術的な観点を押さえなければならないので容易ではないのである。

民宿「潮音」の主人の岩崎清吉が、雄一郎に話す気持ちになったのは、雄一郎が焼酎を酌み交わせる友達だと感じたからにちがいない。

雄一郎はさりげなく胸ポケットから手帳を取り出すと、テーブルの上にひろげた。

「屋久島は縄文杉で代表される屋久杉が原生林をなしているのは承知でしょうな。日本の太古の風景を今に伝えておる。だが屋久島はそれだけではないんじゃ。

摩訶不思議なものが今もなお生きておる」

「今に生きておるとは、いったい何が生きておるのですか」

「生き霊《いりょう》じゃな」

「生き霊とはいったい何の生き霊のことですか」

雄一郎はちらと美佐と視線を見合わせると、その視線をふたたび岩崎清吉に向けた。

「死んだ人間の霊のことですたい」

「冗談はよしてください。死んだ人間の霊が生きて出てくるというのですか」

「そんとおりじゃ、じゃがそれは宮之浦岳の原生林に入らんと生き霊に出会うことはなか」

「宮之浦岳は九州で最も標高の高い山ではありませんか」

標高は、一九三六メートルもあり、九州八県では最も高い山だと記憶している。

「そんとおりじゃ」

「その生き霊が人間に何かするのですか」

「くわしくはわしも知らん、しかし実際に生き霊に出会った者がいるそうじゃ」

「実際に誰かが出会ったからこんな話が広がったのでしょう。その話の大もとは誰ですか、ぜひ詳しくその話の出所を聞かせてもらいたいものです」

「わしが小学生のころ親父から聞いた話だ。鹿児島の営林署で仕事をしている者が宮之浦岳の尾根を下った原生林の中で、はっきり見たというとったそうな」

「明治時代の半ばになって、官公署に勤務する職員がウソを言って噂を広めることもないでしょう」

「そこじゃ、彼が生き霊か何かを見たのは間違いあるまい」

「そのことは何か書類に記録されていないでしょうか」

「あるかもわからんが、ないかもわからん、だから生き霊として伝わったのかも知れんのう」

雄一郎は民宿の岩崎主人の顔をまじまじと見つめた。岩崎の顔は真顔であり、酒を飲んでの座興の作り話をしている風にはまったく見えなかった。

縄文時代の昔から数千年にわたり原生林を保有し、なお太古の景観をとどめる屋久島の原生林での出来事なら、神話のような興味のある話しが一つや二つ伝わることがあっても不自然ではない。

だからこそ民俗学は興味が尽きないのだ。雄一郎は自分の眼で確かめることが研究に欠かせないことを十分に自覚している。

研究の大テーマになるかも知れない。雄一郎の眼が一瞬輝いた。

休暇はまだ十分にある。急ぐことはない。屋久島で夏期休暇のすべてを使い果たしてでも、腰を落ち着けて話の出処を追跡して見ようと考え始めていた。


「美佐さん、この屋久島の宮之浦岳が当時、女人禁制であった歴史をたどる史蹟が宮之浦にあるそうです。どうです、あなたもいっしょに行ってみませんか」

民宿で三日目の朝食の後、雄一郎が美佐をさそった。

「どこにそんな史蹟があるのですか」

「奥之宮遙拝所《ようはいしょ》というそうです。またの名を牛床詣所というそうです。昨日、宮之浦町図書館郷土資料室に立ち寄って、その場所を調べてきました」

雄一郎は町立の図書館で調べたというメモをポケットから取りだして見せながら美佐の顔を見つめた。

美佐には、屋久島の旅に、これといった予定もなかった。もしかすると幼いころ、祖父や母親に連れられて遙拝所に行ったことがあったかも知れない。しかし脳裏にははっきりとした記憶は残っていない。

美佐は返事のかわりに微笑でゆっくりとうなずいた。

「遙拝所は宮之浦地区内です。今日は車を使わないで、徒歩で行きませんか。あちらこちらを見物しながら行く方がいいですよ。私の長い民俗学の体験から言いますと、思いがけず珍しいものに出会う機会が多いですからね」

雄一郎は弾んだ声で美佐に同意を求めた。

「今日は特に予定はないので、私もご一緒させてください」

遙拝所に出向く相談が決まったので、二人は朝食を早めに済ませると身軽な服装に着替えて民宿「潮音」を出た。

「お昼は、宿に戻らずにどこか、島の食堂で食べましょう」

民宿「潮音」を出て緩やかな坂道を下っていくにしたがい、宮之浦港から吹き抜ける海風が、顔をなでて心地良かった。海風は美佐の薄手のロングコートにまとわりつくように吹きつけて長い髪をなびかせている。

フェリーで屋久島に着いた時、漁港にひしめくよう繋がれていた漁船の群は、朝早くから出漁したものか閑散とした風景になっている。

宮之浦港に停泊している鹿児島航路のフェリーは、出港を前に荷物を積み上げている。

貨物港には数隻の中型の貨物船が停泊して、クレーンを利用して原材料を陸揚げしている。

屋久島には比較的大きな工場が数社あり、二次産業や三次産業もあるので商業に関係する人も多いという。宮之浦港は文字通り、屋久島の表玄関である。

民宿から宮之浦港の全体をゆっくり歩いてみると、ゆうに三十分はかかった。

港から益救神社までは二十分で着いた。二人は益救神社に参拝を済ませると、さらに奥之院にあたる山手の坂道をのぼった。道の片側には、方角を示す牛床詣所方面の標示板があった。

しかし建ててからかなりの年月を経たために朽ちていて、文字や方向を示す矢印も判然としない。

雄一郎は鞄から地図とコンパスを取り出した。

「方向はコンパスがあるので間違うことはありません」

雄一郎は、地図をたよりに徒歩であちこちの目標を捜しながら、先に立ってゆっくりと丘を目標に上っていった。山道は、ほとんど自動車や人の交通もないために、車輪の轍の痕跡も失われて、膝下あたりまで雑草がのびている。その雑草を左右にかき分けて歩いていくと、今度は葛の蔓が絡んで足元にまとわりついた。さらに上ると道が細くなり、やがて行く手を塞ぐかのように背丈以上の茅などの雑草や雑木が生い茂っている。最近、牛床詣所には、まったく人間の往来がないことを物語っていた。

「こりゃ、まったくひどいな」

雄一郎は呟《つぶや》くと、鞄から地図を出して確認して見た。地図上では益救神社から約二キロほどの位置に牛床詣所があることがわかった。

「益救神社の奥之宮が宮之浦岳にあることはお話しましたね。当時、宮之浦岳は女人禁制の山でした。娘たちは宮之浦岳に登ることができなかったのです。だから村の青年たちが宮之浦岳に登る時はこの牛床詣所まで連れだって来て、ここで一行を見送ったそうです。

山には神が宿っているということをかたく信じていましたから、集落ごとに「岳参り」という山参りがありました。

青年達は海に入って身体を清めて、山の神に供える汐水を汲んで、それぞれの集落がご神体とする山と主峰の宮之浦岳に登頂して参拝したのです。

そして村の青年たちが、宮之浦岳に登って奥之宮のお詣りをした証として、山の中腹付近にのみ咲いているというシャクナゲの花を娘たちの土産として持ち帰ったとあります。青年達は山裾《やますそ》の河原で精進落としの焼酎を酌み交わしたそうです。ヤクシマシャクナゲは神棚や墓地に供えたのです。海の幸と山の幸が青年達によって交流したことになるのです。」

「娘たちのために、青年たちがシャクナゲの花を持ち帰るとは、とてもロマンチックなお話ですね」

「そうです。娘たちは青年たちが下山して来るのを牛床詣所で待ったのです。この宮之浦地区では山に登れない女たちにとって牛床詣所はいわば聖地のような場所だったのです」

「とてもステキなお話ですね。古い歴史の流れを感じますね」

「この朽ち果てたような遺跡からも、当時の神道の聖地であったことを窺い知ることができますよ」

牛床詣所を巡ってみると、それほど広くない丘の上に、苔むした仁王石像や苔むした石の祠があちこちに点在している。

むかしは聖地として多くの島民に尊崇された牛床詣所も、いまはすっかり往年の信仰が薄れてしまって、見るかげもなく荒れはてている。

雄一郎は牛床詣所遺跡のあちらこちらに残る遺物を探し出しては、カメラで撮影した。その間、いつしか美佐は苔むした仁王石像の前にひざまずいて手を合わせていた。そうせずにはいられない眼に見えない強い力が、自然に働いて心を動かしているのであった。

「やはり貴女は神道の血を受け継いでいるのですね」

雄一郎はカメラを美佐に向けるとシャッターを切った。

「なんだか不思議なのです。仁王様を見つめていましたら、自然にひざまずいてお祈りしたい気持ちになったのです」

「昔の娘たちも、貴女と同じような気持ちで宮之浦岳に登った若者たちの登山の安全を祈ったに違いありません。歴史を秘めた史跡には、朽ち果てているように見えても、古来からの霊魂のようなオーラがまだ残っているのかも知れないですね」

雄一郎は何か美佐の仕草に惹《ひ》かれて、書き留めたい印象をもったらしく、深く頷きながら手帳を取り出して手早くメモを取った。

美佐は立ち上がると、宮之浦岳に向かって手を合わせて山の神に祈った。

宮之浦岳の正確な標高は一九三五メートルもあり、九州で最も高い山が屋久島の中央に聳《そび》えている。屋久島の山々は花崗岩からなる。山が険しいだけに渓谷は豪快そのものである。

宮之浦岳までの登山道は四つの方向から開けていて登山者も多い。

標高千メートルを超えたあたりには、天然記念物に指定された縄文杉や夫婦杉が立っている。

縄文杉は推定樹齢は三千年を超えると予想されている。つまり太古の昔に芽吹いた杉の種が、このように長年月にわたり驚異的な樹齢を誇っているのである。それは屋久島の自然環境と一体のものであり、屋久島でなければ実現しえない不可思議な生命力を保持しているのである。

島は耕地面積が狭く、島民は林業と漁業で暮らしを立ててきた。

宮之浦岳の頂上には、益救神社の奥之宮が置かれている。

二人が屋久島を訪れて数日経ったある日、宮之浦町の道路のあちこちに青竹が立てられ注連縄《しめなわ》が張られた。益救神社の祭礼のために、港のあちこちが清められている。

神社の神輿《みこし》が通る参道には、本土からやって来た露天商の小屋がけがはじまった。

その露店数は十数軒にもなった。

年寄りから青年達、子供達にいたるまで着飾った島民は、露店を楽しみにして集まった。

「神事を見に行きませんか、人出も多くて賑わうそうです。屋久島ではめったに見ることのできない賑《にぎ》わいだそうです」

雄一郎の誘いに美佐は躊躇せずに頷いた。

人口二万人と言われる島内のあちこちから宮之浦に集まるので、港町はたしかに賑わいを見せている。益救神社の神事が始まろうとしていた。

雄一郎は群衆の風景をカメラに収めながら、美佐の手を引いて神殿に向かった。

人混みの多さが美佐には有難かった。雄一郎に手を引かれるのに何の抵抗もなかった。

拝殿に近づくと笙《しょう》を奏する雅楽の音色が聞こえてきた。

「いっしょに参拝しませんか」

美佐は雄一郎にうながされて社殿の前に立った。拝殿では数人の神職と緋袴《ひばかま》をはいた巫女による神事が行われていた。

二人がならんで参拝を終えると、雄一郎が社殿を見上げながら美佐に建物を指さした。

「この建物は再建されてわずかに五十年ほどです。神殿として比較的新しいのです。資料によれば昭和二十年、つまり日本が大東亜戦争で敗れる一年前です。屋久島がアメリカ軍の爆撃にあった時に、社殿が焼失したのです。

島の一之宮的な存在でしたから、島民にとっては、そのままに放置はできないという気持ちだったと思います。しかし、戦争中に寄付金を集める余裕はなかったようです。結局、社殿再建の費用を捻出するために、境内の一部の敷地を売却し、さらに境内の杉を約二千本ほど売却しています。そして戦後の昭和二十九年に再建されています。もしかすると、その当時にあなたの祖先が深く関わっていたと思われますね」

美佐は雄一郎の説明を聞きながら不思議な感動がわきあがっていた。

おさない頃、自分が見た益救神社は再建されて間のない頃の建物だったことになる。すると再建に心血を注いだのは、祖父ということになる。神職として凛としていた祖父が苦悩しながら再建に苦労したことなどが脳裏に浮かんできた。

自分の生まれる前には、古い社殿が焼失していたことなど予想もしなかった。戦後、国家神道から離れた神職の暮らしは容易ではなかった。そのうえに焼失した神殿の再建という大きな苦労を背負い込んだのだから、日々の暮らしは楽ではなかったにちがいない。

戦争がなければ空襲もなかったし、母親は羽振りの良かった養蚕技術者に見込まれて嫡男《ちゃくなん》であった父親の嫁になることもなかったのである。

さらに言えば自分の誕生もなかったことになる。大東亜戦争という時代に翻弄《ほんろう》された人々の不思議な命運を感じた。

「美佐さん、いっそのこと私と宮之浦岳に登ってみませんか、島旅のよい思い出になりますよ」

「えっ、宮之浦岳ですか」

雄一郎から登山にさそわれたことに一瞬、躊躇した。美佐は、これまで千メートルを超えるような高い山に登った経験がなかった。

「そうです、九州で随一の高さを誇る山です。宮之浦岳の正確な標高は一九三五・三メートルです。

山岳宗教と峻厳《しゅんげん》な山は大きな繋《つな》がりがあります。私の今回の大きな目的は益救神社と奥之宮との関係を調査することも含まれています。どうです、一緒に登ってみませんか？」

雄一郎はくり返して熱っぽく誘った。

美佐にとっても別に急いで東京に帰るような予定された旅ではない。

「高い山に登った経験のない私が、そんな高い山の頂上まで登れるでしょうか？」

「大丈夫です。無理はしません。貴女は屋久島の自然を楽しみながら登ったらいいでしょう」

美佐は宮之浦岳の山頂まで登れるという自信がまったくなかった。しかし、今回は、経験豊富な雄一郎との登山である。益救神社の祭りに連れ立ったときからしだいに雄一郎と親密感が深まっていた。結婚して妻帯者であることも意識にはあった。だが旅の間のことで何の支障もないことだし、強いて拒む理由もなかった。ただ美佐にとって九州随一という標高の高い山に登れる体力が、自分にあるかどうかまったく自信がなかった。

「私は益救神社の奥之宮に当たる宮之浦岳には、何か秘密を解く鍵があるような気がしてなりません」

雄一郎は真剣なまなざしで美佐を見つめた。

「私もそんな気がしています。でもそんな高い山に登った経験がまったくないのです」

「あなたの躰には神道の血脈の系譜《けいふ》が流れているような、そんな雰囲気を持っています。私が感じることのできない宮之浦岳の霊的な現象を、あなたの躰を介して感じることができるのではないかと密かに思っているのです。身勝手は承知しています。私の屋久島神道の研究に協力していただけませんか」

「未経験の私が一緒に登れば、かえって足手まといになるのではありませんか、私にはあのように険しい山道を登りきれる自信がないのです」

「大丈夫です。私がついています、私は自分でいうのも何ですが、日本アルプスはおろかチベットやヒマラヤまで登山やトレッキングをした経験があります。ですからガイドとしても最適任です」

雄一郎は自信たっぷりに頷くと、にやりと笑って鼻先を手のひらで撫《な》でたあと美佐の肩を軽くたたいた。

「これは、相手を説得するときのまじないです。一緒に登っていただけますよね」

美佐はつられるように頷きながら黙って微笑を返した。初めて出会った雄一郎とは日が経つにつれて親しさが深まっている。話していても波長が合う。安心感があって居心地がいい。一緒に行動することで屋久島の旅の良き思い出になるかも知れない。

「たぶん足手まといになるでしょうから、そのことを承知のうえでお誘いになるのなら気が楽です。よろしくお願いします」

「ありがとう。じゃあこれで決まりです。あなたの登山用具は私がすべて準備しますから、自分で用意するものは何一つ心配しないでいいです」

「では、すべてお言葉に甘えますわ」

「宮之浦岳までは、海抜ゼロメートルから登るわけではありません。六合目までは登山道を四輪駆動車で登ります。それからは、途中、有名な縄文杉や夫婦杉も見ていきましょう」

「祖父に連れられて、遠いむかし、そのような大きな屋久杉を見に行ったような淡い記憶がかすかに残っています」

美佐は祖父につれられて山に登ったようなおぼろげな記憶があった。しかしそれはあまりにも希薄な記憶であった。

「女人禁制の掟が解かれたのは戦後もかなり経ってからですから、多分、お祖父《じい》さまはあなたを連れて縄文杉は見ていないでしょう」

雄一郎の説明が事実なら、見たのは人の話を聞いて、そのように想像したために現実だったと記憶してしまったからであろう。美佐の記憶はそのような曖昧模糊《あいまいもこ》としたものであった。

天気予報と準備日を加味して三日後に宮之浦岳に登ることに決めた。

翌日、雄一郎は民宿を出ると、宿のライトバンを借りて出かけたが、昼を過ぎてようやく戻ってきた。

誰から借り受けたものか登山リュックをはじめ登山用品を一式揃えて持ち帰った。

雨具から懐中電灯、ヘッドランプ、常備薬などの携行品がそろっている。Tシャツの着替えなどもあった。女性用の長袖の真っ赤なシャツとヤッケや帽子、立て縞のズボンは、どこかで新調したものだった。

「まずは登山ズボンとシャツを着てみてください。私の見立てでは多分この服の寸法でちょうど合うはずです」

雄一郎の予想したとおり、登山着は美佐にピッタリ合っていた。靴のサイズもあらかじめ美佐から聞いていたので、掃き心地も悪くなかった。

美佐は、笑って頷くとモデルがステージで観客に向かって一回りするようなおどけたポーズをしながら雄一郎に演技をして見せた。

「なんだかいきなり登山者になった気分です」

美佐は登山着の着心地、感触を味わいながら気分が高揚していくのを感じた。

「どうやら登山着を気に入ってくれたようですね。あなたの外見は登山の経歴を重ねた女流登山家に見えますよ」

雄一郎が、笑いながら冗談を言った。

上背のある美佐には登山着がよく似合っていた。天候調査の結果に問題がなければ、明後日に登ることにきめた。

雄一郎は一泊二日の登山計画が決まると、民宿の軽四輪車を借りて一人で外出した。

雄一郎は美佐が登山の経験が浅いことから、日帰りでの強行軍は無理だと判断したのだ。

まず屋久島の縄文杉をはじめウィルソン株や夫婦杉などを見ることも行程に組み込んだ。天候の急変等に備えて予備の食糧品も買い込んだ。

美佐も新しい登山靴の足慣らしのために、民宿の周りや宮之浦港まで、一時間以上もかけて歩いてみた。靴の履き心地も良く、靴ずれもなく順調に準備が進んだ。

登山当日の朝、天候は晴れていた。雄一郎は、この天気ならまったく登山には支障がないと判断した。昨日、約束を取り付けて、島内の友人に四輪駆動車を予約していたらしく、朝食を終わるころには、漁師とおぼしき逞しい二十代の青年がやってきた。四輪駆動車はかなり使い込んだもので、車体部の前面と両側面のあちこちが凹んだまま錆びた箇所が幾つもある。

それだけ屋久島の山道は険しいものかも知れない。

昨晩、女将に依頼していた三食分の弁当を受け取ると、登山バッグに詰め込んだ。水筒は腰にさげると雄一郎と美佐は車に乗り込んだ。美佐の登山バックの重量は五キロ近くになった。雄一郎の登山バックは二十キロは優に超える重量だが、さらにカメラや双眼鏡などの機材を携帯すると重装備になっていた。

まず登山道までは、宮之浦港から門前、風呂川から小瀬田、住吉、船井を経由して海岸線の県道を南回りにひた走りして荒川まで行く。荒川からは、滝川林道を上ることになる。

このあたりからは、まだ島の中心をなす宮之浦岳などの高峰を見ることはできない。

島の人々は奥にある山の意味で奥岳とも呼ぶ。それを囲むような山々を前岳と呼んでいる。

　雄一郎は屋久島の登山地図を広げた。とくに宮之浦岳、永田岳、黒味岳の三岳を御岳と呼ぶ。さらに島の中央部に位置する栗生岳、翁岳、安房岳、投石岳を含めて八重岳と呼ぶ。

　屋久島の主たる稜線は、島の中央部を南北に縦断している。島で第二の高峰の永田岳はその西に位置している。主たる稜線の南には黒味岳、南西に高盤岳、ジンネム高盤岳、烏帽子岳、七五岳を隆起させている。

　主な稜線と直角に東西に走る稜線がいくつかある。東には小高塚、高塚山、愛子岳、石塚山、奇岩の太忠岳、西に永田岳から桃平、竹ノ辻、国割岳、花山、焼峰、永田岳から北へネマチ、障子岳、坪切岳、吉田岳、尾之間の北側には本富岳、耳岳、割石岳、鈴岳、破沙岳などの山々が連なっている。千五百メートル以上の岩峰、岩壁が十一座、千メートル以上は実に三十座が数えられる。

　洋上のアルプスと呼ばれるにふさわしい山脈群である。しかもそれら全山が花崗岩質であるために豪放な景観を形づくっている。

「山道は揺れるからしっかりつかまっていてくださいよ」

髭《ひげ》づらの若い青年がふり返って甲高い声でどなった。

「彼の運転は少々荒っぽいが腕は確かなようです。山道は舗装じゃないからしっかりつかまっていてください」

雄一郎が美佐にいったように、青年の運転は荒々しい。が、山道の凹んだわだち痕にハンドルをとられる心配はなく、ハンドルを器用に回して運転している。青年の運転の腕前は確かなようだ。

屈強な両腕がハンドルを左右に回転させながら、悪路の轍道《てつどう》を上手くさばいて上っている。

悪路が終わると今度は急勾配の道を、駆動車のエンジン音をうならせながら、ぐいぐい勾配のある山道を登りはじめた。道はしだいに狭まり、運転を誤ればそのまま谷底に転落する危険がある。

とにかく林道は曲がりくねって、アクセルを吹かせるためか、エンジン音が異常に高くなる。

雨で道路が流れて窪《くぼ》んでしまった山道を登るので、車が弾かれたようにバウンドして、座席から身体がなんども宙に浮いた。駆動車を止めて、山道を降りてくるトラックを離合待ちしていると、たちまち屋久島猿が車の天井に降りてきて、餌をせがんでウインドウを叩いた。

「屋久島の猿はすっかり人慣れしていますね」

雄一郎は美佐に決して車窓を開かないようにと忠告した。

「そんなに危ないのですか」

「窓を開けると思わぬ物をひったくって逃げます。逃げたら二度と取り返すことはできません」

車は何度も下ってくる車と、離合を繰り返しながら標高を高めていった。

青年は鼻歌を歌いながら、悪路を気にした様子はない。逞しい両腕ががっちりハンドルを握りぐんぐん登っていく。青年は更に狭くなった凹凸のはげしい山道を、ブレーキやアクセルとクラッチを上手く使いこなしながら、未舗装の林道をものともせずに駆け登った。

今まで騒音をあげていた四輪駆動車のエンジンを止めると、急にまわりは静寂がもどった。林道の近くを安房川の美しい渓流が流れている。清流が滑らかな岩肌に架けられた白絹の縦糸を引くように、幾重にも流れ続けている。まわりは鬱蒼とした森林の緑樹と透きとおった空の碧さのなかで一帯が神々しい雰囲気をかもし出している。山道付近の樹林は杉林が続いている。

屋久島では屋久杉とは千年以上も成長して巨樹になったものをいうのだと、運転しながら青年が説明するのを聞いていた。杉の若木はまだ細い幹であるが、日本で最大雨量を誇る屋久島では成長が早いという。山道では何度も切り出した樹木を積んだトラックと互いに行き違った。

「これ以上はもう無理ですな」

運転してきた青年が、後部座席にいる雄一郎と美佐をふりかえって大きな声で言った。

「いやぁ、ありがとう。よくここまで運転してくれました」

青年はあらかじめ雄一郎と打ち合わせをしていたらしく、荒川登山口に最も近いところまで乗せてくれたのだった。

「これで登山行程の時間が稼げる。じゃあ、車から降りて準備をしましょう」

その場所は車がUターンできるほどの広場のようになっていて、それからさらに上には車の通る道はなかった。まわりを見回すと屋久杉の幹も大人が両手で抱くほどの幹回りで林立している。

広場のまわりの崖には、これまでの多くの登山者が踏み固めてできた登山道が見えた。

「これから先は徒歩で登って楽しんでください」

若者は車から登山バッグを降ろすと、すぐに運転席に乗り込んだ。

雄一郎は運転席の窓から青年に登山計画メモを渡した。

青年はじゃあと声をかけて手を振ると、登って来た坂道を荒っぽい運転で下っていった。

車から降りた美佐は、長い時間、車内で揺られたために地面を踏みしめても、まだ地に足がつかないもどかしい感覚があった。

雄一郎はそんな様子を見て、登山に未熟な美佐のために、入念な足腰のストレッチを指導した。

「これからの山道は私が案内します。まず縄文杉に逢いにいきましょう。途中、無理のないペースを心がけますから大丈夫です」

雄一郎は美佐に一声をかけると、大きな登山リュックを背負った。

美佐も登山リュックを背負った。登山用の杖を雄一郎から受け取った。

登山道にはすでに数人の先客がいて、登山道を登りはじめていた。二人はもう一度、服装を点検して時計を見た。すでに午前九時を少し回っていた。

これならもしかすると健脚な登山家なら頂上まで登って、その日の夕方には下山するのも大丈夫だと雄一郎は思った。だが登山経験の浅い美佐には無理はさせられない。

片道で、トロッコ軌道が八・五キロほど続き、その後は山道を二・五キロ、合計で約五時間の道のりである。縄文杉やウィルソン株などを見て帰る登山客は往復二十二キロをゆっくりと十一時間かけて歩くことになる。熟練した登山者であれば、しばし足を留めて、何千年も生き続ける原生林の神秘な森の営みを、満喫《まんきつ》することができる。

しかし、初心者の美佐にとっては未知の道のりである。周りの景観を楽しむ余裕はない。

まずは長い道のりを歩けるように躰を慣らすことが、その後の登山によい影響を与える。二人は黙々と足幅を定めて、無理のない速さを保つことにした。最初の三十分は、脇目もふらず黙々と登った。躰中からふき出した汗の玉が下着をぐっしょりと濡らした。頭部から流れる汗は留めようもない。首筋から流れ落ちてくる汗を胸元で何度も拭き取った。

美佐は人並み以上に発汗作用が盛んなのか、躰中にぐっしょり汗をかいた。

アスファルトの道路とは異なり、登山道は地面が軟らかくて弾力がある。道の両側には、南方の植物であるガジュマルや屋久杉の落ち葉が重なっていて、足で踏むと腐葉土のような柔らかな山道になっている。屋久島は傾斜角度のある山が多い。このために登るにつれて、坂道には高低差がある。美佐は登山靴の両足首にしだいに鉛が張り付いたように、重い負荷がかかってくるのをおぼえた。

登山口から小杉小学校跡まで、一時間ほどを歩いてくると、二人は水場で休憩を取った。

十五分の休憩であった。タオルで汗を拭くと、山のひんやりとした冷気が心地よく感じられる。

鬱蒼とした樹林から時折吹き抜ける風が、肌衣の汗を心持ち乾かしてくれる。

森林が立ち上がる場所から森林軌道となった。左右は若干開けているので、登るにはそれほど苦にならない。三代杉を経てようやく大株歩道入口まで着くことができた。

有名な翁杉とウィルソン株を経由して登ると、大王杉、夫婦杉を見ることができた。

美佐は休息のひとときに、夫婦杉の巨大な樹幹に興味を覚えたのか、幹のまわりをゆっくりと歩いていた。

一時間ほど歩いたところで、国の天然記念物に指定されている縄文杉に出た。

縄文時代は、日本の考古学上、石器時代に次ぐ時代のことである。縄文人は縄文式土器を製作して、これを日々の生活の中で使用した。しかも弥生時代の始まる紀元前三世紀頃まで続いたのである。その時代に発芽した若杉が、現代まで生きのびているのだ。人間の寿命に比較して、桁《けた》はずれたその生命力に圧倒されるものがあった。

美佐の心に不思議な思いが湧《わ》きあがった。

まだ自分が幼かったせいか、その頃はもっと幹回りが大きかったような印象があった。

美佐は幼いころ父親に連れられて、縄文杉を見に来たようなかすかな記憶がよみがえっていた。

こうして眺めると、昔はもっととてつもなく巨大であったようにも記憶していたが、しかし今見ても堂々たる巨幹に驚かされる。

幹回りが十六メートルという。樹齢三千年以上を経てなお旺盛な生命力を保っている。

しかし国有林の中には、いまだ誰も分け入ったことのない原生林があるという。その原生林の中には、縄文杉を凌ぐような巨木が存在するという言い伝えもあるらしい。

美佐は次第に躰全体にひろがる疲労感を覚えていた。歩くと両膝が震えて、足元が定まらない。

一歩二歩と踏み出した足が道を踏みそこねて足元が泳いで転んだ。

「大丈夫ですか?」

雄一郎が腕をまわして美佐を助け起こした。

「ええ、大丈夫です」

美佐は気丈に応えた。が、内心、あまりにも自分自身の体力のなさを痛感していた。

日頃から運動をする人は自然に筋力が鍛えられるが、通常の通勤くらいの運動量では、健康のようでも筋肉に疲労が蓄積されやすいのだ。

三度目の転倒をした。が、すぐには起き上がれずに時間がかかった。

「かなり疲れたようですね、ちょっと休憩しましょう」

雄一郎は、美佐の腕を抱き上げながら言った。

「ほんとうに久々の山歩きなので、リズミカルに足がよく踏み出せないのです」

「無理しなくていいです。宿泊予定の山小屋を変更しましょう」

雄一郎は腕時計を見て時間を確かめると、地図を開いて山小屋までの行程をコンパスで測った。

雄一郎は疲れた顔で休息している美佐の前に来ると尋ねた。

「もう少しの辛抱ですが、まだ歩けますか？」

美佐は疲労感を隠すように黙って大きく頷くと、杖を支えにして立ち上がった。

美佐の疲労の度合いを考えて、雄一郎は、今夜は高塚小屋で泊まることに決めた。そこまでなら歩行にゆっくり時間をかければ、日の落ちる前に到着できるはずだ。

美佐に合わせたゆっくりした足どりで、雄一郎が先頭に立った。そして時々振り返っては美佐を励ました。急勾配の山道をあえぎながら登りきると急に視界が開けた。

高塚小屋は比較的に平らな盆地に建てられている。風雪を重ねた木造の山小屋であった。

扉を開けて山小屋に入った。暖を取る煉瓦《レンガ》で仕切られた囲炉裏が中央にあったが火の気は無かった。

その周りには頑丈な板床になっている。四方が仕切られていた。不埒《ふらち》な登山者が燃料として床板を剥がすといった悪質な事例もある。明かり窓は杖をつっかい棒にして開くようにしている。とにかく命をつなぐための避難小屋という最小限度の施設であった。

だが今は風雨や寒気が凌《しの》げるだけでも有り難い避難場所である。

早い時間の到着だったので、先客はなかった。しかし、暗くなる前には、十人あまりの登山者が山小屋に宿泊することになった。

美佐は、管理人のいない山小屋での宿泊ははじめての経験だった。

汗をかいた下着を着替えると、疲労感がいくらか薄れるように感じられた。民宿から携行した食事も、どうにか完食することができた。ガスバーナーで湧かした暖かいコーヒーを飲むと躰が温まった。

「今日はよく頑張りましたね。足を見せてください」

雄一郎は、「あっ」と叫んで拒もうとする美佐の手を優しく払って、美佐の足首を引き寄せると、足の裏からマッサージを始めた。有無を言わせないような手さばきであった。

「古武道の稽古をした後、父が痛めた足をよくマッサージしてくれたものです」

末梢神経は圧迫による血液の循環によって、軽い痛みとともに心地良い感覚で、疲労物質が除かれていくように感じた。

「これで明日はずいぶん歩行も楽になると思います」

「ええ、足の疲労感も痛みも薄らいで楽になりました」

美佐は気恥ずかしさも忘れて礼をいった。

避難小屋の中では、男女の性別を意識することも忘れてしまう雰囲気がある。

美佐は足首の周りや膝まわりをほぐしてくれた、雄一郎の大きな手のひらの暖かい感触を感じていた。十時過ぎには、ランプの明かりを消した。

さいわいに酒を飲んで騒ぐような登山者はいなかった。

山小屋の宿泊人のうち数人は、山仕事をしている山林労働者のようであった。すでに五十代を越えているにちがいない。無言になって持参した寝袋に入ると、すぐに寝息をたてていた。登山者も皆、翌日の登山予定に備えて、早々と寝袋に入っている。翌朝の早立ちや山仕事のための習慣なのかもしれない。

美佐と雄一郎も、翌日に備えて準備を済ませると、横に並んで手際よく寝袋を広げた。

高塚小屋には、いちばん早く到着していたので、山小屋のなかで寝心地のよい場所を確保できていた。

「足の方は大丈夫ですか」

「ええ、貴方のおかげで、痛みもすっかり軽くなりました。たぶん明日は大丈夫です」

「よかった。明日は宮之浦岳に登る予定ですが、無理をせずに貴女が行けるとこまで登ってみましょう。その体力をつけるには今夜の睡眠が大事です」

そう言いながら、雄一郎は大きなあくびをした。美佐は思わず雄一郎のあくびに誘われるのをこらえた。二人は長い登山歩行による疲労感と、食事のあとの安心感で急に眠たくなった。

「はじめての山登りをよく頑張りましたね。疲れを取るには睡眠が一番です。はやめに休みましょう」

雄一郎は美佐の寝袋を広げて中に入るようにうながした。

「明日、起きる時刻は何時頃でしょうか」

「六時すぎを考えていますが、もしも疲れが残っていて起きれないようでしたら、その時にまた考えましょう、いまのところ朝方の天候は大丈夫なようです」

雄一郎は、まだ寝袋に入らず、他のベテランとおぼしき登山者のグループに加わり、地図を広げて尋ねていた。

美佐は雄一郎のうしろ姿を目で追いながら、いつしか深い眠りについていた。

宮之浦岳登山の通常のコースは、もう一度荒川まで戻って海岸の県道を通り、淀川登山口まで行き、そこから四十五分かけて淀川小屋まで上る。さらに一時間十分で小花之江河から投石平、栗生岳から宮之浦岳の山頂を目指すのである。行程は十六キロメートルで、休憩を含む行程時間は約十時間である。雄一郎は、そのコースを取らず、宮之浦岳までは南西島北側から営林署員や林業従事者が通る山道のコースを取ることにした。

通常の観光登山者のコースは行程に無理がないように、宮之浦岳までの道のりは勾配も急ではない。しかし、なだらかでもなく樹木の根が露出したり雨に洗われて窪んだ道が連なっている。頂上にたどり着くまでには、ひたすら黙々と歩いて標高を上げていくしか方法はない。

ところが雄一郎の選んだ行程は、短いだけに宮之浦岳までのぼりの勾配は急であった。

「勾配が急になってから足がもつれて、よく歩くことができません」

美佐が弱音を吐いた。

「無理しないでいいです。もっと足幅を小さくして歩いてみてください。」

美佐は、途中、息が途切れて何度も休憩をしなければならなかった。

山道は整備されていないため、山襞《やまひだ》を流れる滝のそばを通る時は足が竦《すく》んだ。

「怖い、とても渡れません」

「大丈夫です。しっかり支えているから頑張ってください」

雄一郎の手助けで無事に渡りきった後は長い休息をしなければならなかった。

――やはり宮之浦岳登山は初心者には無理だったわ。

心の中で美佐は後悔した。

美佐に登山の経験があるわけではない。それを見越しての宮之浦岳登山である。

雄一郎は美佐を励ましながら、一歩一歩ねばり強く頂上に向けて足を進めた。

高塚小屋を出てから半日かかって、ようやく宮之浦岳の頂上にたどりつくことができた。

「よく頑張りましたね、宮之浦岳の頂上です。お疲れさまでした」

雄一郎の声が弾んだ。

「ここが宮之浦岳の頂上ですか」

視界が開けて四方に素晴しい展望がきいた。

美佐は額の汗を拭いながら登ってきた山道を振り返ると、苦労のすえついに山頂にたどり着いたという達成感が湧きあがった。

宮之浦岳は屋久島のほぼ中央部に位置するために頂上からは海を見ることができなかった。

まわりは鬱蒼とした原生林の森林地帯である。

頂上付近に益救神社の奥之宮が鎮座していた。風化しないように頑丈に回りを石垣で囲んであった。美佐にとって生まれて初めての奥之宮の参拝であった。

祖父は一年に何度も奥之宮に参拝していた。が、当時はまだ女人禁制の掟があったらしく美佐を一緒に連れて行くことはなかった。

祖父が神道の神職として一生をまっとうしたことが、美佐の脳裏にふと浮かんできた。嫁いで来た長男の嫁とは気質が合わなかった。

祖父は病後から亡くなるまでの間は、決して幸せではなかった。祖父は薩摩男児たる気概を持ち続けて、神職を最後まで守り通すという矜持《きょうじ》を失わなかった。

母千里が美佐に話したことは、祖父の生き方はそれなりに悔いのないものであった。が、よかれと自分の独断で長女を結婚させてしまい、酒乱となった夫との長い歳月にわたるつらい夫婦生活を、愛娘に強いる結果となったことだけを後悔していた。

そんな思いが、再び自分の人生にも訪れることがあろうとは考えたくもなかった。

美佐が結婚をあきらめた理由もそこにあった。

雄一郎はしきりに奥之宮の写真を撮りながら、手帳に頂上付近の状況などをメモしていた。

「美佐さん、登頂の記念です。二人で写真を撮りませんか」

雄一郎は美佐の了解を得ないまま岩角に三脚を据えると、カメラの被写体の位置まで連れて行った。セルフタイマーのシャッターを押すと、雄一郎は急いで美佐に駈け寄り自然に美佐の肩に手をかけた。

美佐は雄一郎のいささか強引なポーズも心地よく感じた。

リュックサックから取り出したにぎり飯を食べていると、にわかに天候が変わり始めた。

見る間に薄い靄《もや》のようなガスがひろがった。雨量の多い屋久島の特有の天候の急変が予想された。

「天候が変わりそうです。急いで下山しましょう」

二人はあわてて昼食をすませると下山を開始した。先に登っていた登山客はすでに下山をしていたようだった。まわりに人影はなく尾根道を見渡しても雄一郎と美佐の二人きりであった。

雄一郎はうっかりして調査や昼食に時間をかけすぎていた。山歩きになれない美佐をエスコートしながらの下山は、雄一郎にとってなかなか容易なことではなかった。

美佐は次第に足がもつれて、地面に踏みおろした靴底は、確実に地面を捉《とら》えられずに膝頭ががくがくと泳いだ。日頃から山歩きをして足を慣らしていなかった美佐には無理な下山はできなかった。

悪しくも標高八合目あたりで小雨が降り出すと、やむ気配はなく猛烈な降雨に遭遇することになった。登山帽子の上からヤッケを覆っていたので頭からずぶ濡れにならずにすんだ。

遠くで雷鳴が鳴り響いた。間をおかずして雷鳴が近づいている。

空は薄墨を流したようにかき曇り、稲妻の光が天から地上にむかってジグザグに走って無数に落雷するのが見えた。いっときの猶予もない。このままでは落雷にやられる危険を感じた。繋った木立でも決して安全ではない。とりあえず岩陰に避難しなければならない。もはや視界の効かないままに、土砂降りの中を歩くことは不可能であった。

屋久島は日本の中で最も雨の多い地帯であると聞いていたが、二人はそれを実際に体験することになった。

雄一郎は雨が止むまで高地でビバーク（緊急的な野宿）することは危険を伴う

と判断した。

美佐はヤッケの上から雨衣を被り、下山する間、なんども滑って転倒したが、声を上げず黙々と下山を続けた。雄一郎は、数年前、夏の北アルプスを縦断したことがある。その時も降り続く小雨の中を燕岳から、大天井岳を経由して、槍ヶ岳登山をあきらめ、上高地までの山道をぶっつづけに八時間あまり歩いた経験がある。

雨に濡れて全身の体力を消耗した記憶が蘇った。その時は単独の登山であった。

美佐を連れて、このまま数時間も雨の中を下山することは、著しい体力の消耗になるにちがいない。

雄一郎は後ろから歩いてくる美佐を、何度もふりかえって見た。美佐の眼が虚ろになっている。

雨の影響で体熱が奪われた美佐は、体力の消耗が思ったよりも早くなっていた。

雄一郎は立ち止まると、雨宿りできる場所はないかと、四方に眼を凝らして見回した。

降り続く激しい風雨を避けるためには、雨宿りが必要であった。

土砂降りの中、地図を開く余裕もなかった。

標高は少しづつ低くなっていることは間違いなかった。雄一郎の登山の経験と勘に頼っての下山であった。

その時だった。

ズルッーと大きく地面がずれて震動した。足を踏ん張っても立っていられなかった。

二人はバランスを失い崖を数歩滑ると、いきなり今度は大きく地面が震動しながら傾斜した。

二人は必死になってシダの葉を掴んで、滑り落ちるのをかろうじて持ちこたえた。

しかし二人の躰はまるで地滑りの表層部分に乗るような形で、ズルズルと地面もろともに落下していった。間をおいてドーンという地響きのような衝撃で、地層の落下が止まった。

いつの間にか躰が半分土砂に埋まっていた。懸命にもがきながら膝までぬかるんだ足を引き抜いた。ぬかるみから登山リュックを探し出して背負った。

雄一郎が貴重な映像を撮影したカメラは、ショルダーベルトがちぎれて土石流に呑まれ、紛失していた。土中を懸命に探したがついに発見できなかった。

おびただしい土砂と雑木の中を抜けていくには一本の懐中電灯が頼りであった。

雄一郎は美佐の躰を引き上げて立たせると、手を引きながらゆっくり歩いた。一刻もこの危険な場所から抜け出さねばならぬ。

どこをどう歩いたかわからない。雄一郎と美佐は、いつしか見上げるほどの大きな洞窟の前に立っていた。これほどの洞窟ならば当然、屋久島の観光地図にあるはずなのに、観光写真でも見たことがなかった。

おそらく宮之浦岳の原生林に足を踏み込んだに違いなかった。

これはやっかいなことになったと、雄一郎は内心思ったが、だが疲れはてた美佐に言うことは疲労感をさらに増すことになる。

雄一郎は黙ったまま冷静にまわりを見まわした。雨は小降りになっていた。真っ暗な闇を懐中電灯の光が照らした。洞窟の奥は深くて幽《ひそ》かに風が吹き抜けている。風が抜けるところから推察すれば、行き止まりではなさそうである。

「美佐さん、まだ歩けますか」

「ええ、がんばってみます」

「もう少しの辛抱です。ここなら雷や雨にうたれる心配はありません」

雄一郎は美佐の片腕を支えていた。その時、一瞬何か不思議な音を聞いたような気がした。

「いま何か聞かなかった?」

「私も聞こえましたが、なんの音でしょうか」

獣が遠吼えするような声だった。しかし耳にさわる響きでもなかった。むしろ静かな闇にこだまするような音楽のようにも思えた。

心身が疲れたための幻聴なのか？　雄一郎は立ち止まってじっと耳を澄ました。

「私にもはっきり聞こえます」

美佐の耳にも素朴な原始音楽のような音が聞こえた。

幻聴でないとすれば、洞窟の先には誰かがいるはずである。

「ここでしばらく休んで、まずは濡れた躰を乾かしましょう」

雄一郎は洞窟内に吹き込んでいた枯れ葉や枯れ枝を集めると、リュックからライターを取り出して火を付けた。枯れ葉の焼ける匂いがして暖かい炎が立ちのぼると、しだいに枯れ枝が燃えはじめた。燃えあがる焔《ほのお》によって濡れて冷え切った躰は暖かい感触がよみがえった。

「しばらくここで休むことにしましょう」

三十分を過ぎたころから、衣服から湯気がたちのぼった。衣服が乾きはじめると眠気が襲った。

雄一郎は洞窟の入り口に立った。外は依然として雨の止む気配はなかった。

翌朝になったが雨は依然として降り続いていた。一晩焚いたために枯れ枝はほとんど燃やし尽くしていた。

「このまま雨が止むのを待つのもいいですが、洞窟の奥からかすかに風が吹きぬけてくるのはどこかに通じている証拠です。幸いにまだ十分に予備の電池がありますから、灯りをたよりに洞窟の奥を確かめてみたくなりました」

雄一郎はあやうく遭難しかけていることなど忘れて、いつしか民俗学の研究者になっている。

美佐は黙って頷いた。一人でいやと言っても、雄一郎の好奇心を抑えることはできないと感じていた。

「あり合わせのもので腹ごしらえをしましょう」

雄一郎はリュックからビスケットを取り出し、手早く焚き火で湯をわかすとインスタントコーヒを入れて差し出した。

暖かいコーヒーがゆっくりと食道をくだって胃袋に流れこむ感触があった。

ビスケットもかるい歯ごたえとミルクの香りが口の中に広がった。

「美味しい」

美佐は雄一郎がそばにいると安堵感があった。道に迷ったことを非難する気持ちも湧かなかった。

むしろかつて味わったことのないリスク体験の展開に新鮮な感覚を覚えていた。

「さあ、そろそろ探検しましょうか」

立って歩いて通れる道は、洞窟の奥約二百メートルまでであった。

その先は次第に天井が低くなった。

相変わらず奥からかすかに風が吹きぬけている。

二人は腰を屈めながら洞窟内のかなりの距離を歩いた。が、依然として道が続いていてトンネルを抜けることができなかった。

洞窟の途中に瓢箪《ひょうたん》の腰のくびれのように細くなった場所があった。

雄一郎は躊躇する様子もない。二人は腰を折って進むと、今までのカビくさい洞窟のにおいとはちがった乾いた風のにおいを感じた。

雄一郎はこれまで何度も屋久島の記録を見ていたのだが、このように奥深い洞窟があるという記録は読んだことも聞いたこともなかった。

洞窟内には垂れ下がる鍾乳石があちこちで見えた。おそらく鍾乳洞が隆起して地表に現れて洞窟になったものと想像できた。

歴史好きの雄一郎は、屋久島の先祖のルーツを辿るまえに、昭和年代に発行された「屋久島町史」を読んだことがあった。なかでも民話や伝説に関心があった。それらの記述の中に、屋久島の風穴は、約数十キロも離れた隣の種子島にまで通じているという伝説的な記述があった。もしかすると、それに近いかたちで何処かに通じる迷路になっているのかも知れない。

あまりにも洞窟が奥深いので、さらに十五分も経ったところで、幸いに天井が高くなり丸いドーム型になった広い場所に出た。立って背伸びをすることもできた。

雄一郎がしばらく疲れた躰を休めることにしたのは、美佐に疲労感がふたたび襲ってきたからであった。

洞窟の先には水が溜まってまるで地底湖のようになっていた。別の鍾乳洞から流れ込んだ地下水が溜まったにちがいなかった。ライトに照らし出されて湖面は鏡のように静かであった。

「ここまで来たのですからもう少し奥まで行ってみましょう」

雄一郎の声に励まされて、美佐は雄一郎の手に引かれながらさらに奥に進んだ。

地底湖は膝より深くはならなかった。

湖を渡り終えると、鍾乳石でできた堤にたどり着いた。

洞窟の奥に進むにつれて、次第に地底方向に下降していくような感覚があった。

さらに奥に進むと、二人は耳鳴りとかるい頭痛を覚えた。

耳鳴りは次第に大きくなり、美佐と雄一郎は耳を両手で塞ぎながら顔を見合わせた。

洞窟内では磁場の関係で何かが起きている。もはや後退はあり得ない。二人はうなずき合うとゆっくりと一歩一歩、足どりを確かめながらさらに奥に進んだ。

懐中電灯は、ソーラー式の蓄電ＬＥＤライトである。

雄一郎は、まさかこんな洞窟でこのライトを使うことになるとは思ってもいなかった。幸いにも出発時にフル充電していたため、長時間の使用にも耐えていた。

それにしても洞窟のトンネルは長い。かれこれ休憩を入れても一時間以上も歩いていた。

屋久島と種子島をつなぐ風穴があるといったことを、むかし聞いたことがあったが、その一つなのかも知れない。洞窟内には湿気がないことが幸いだった。吹き抜けてくる風は洞窟内に澱《よど》んだものではなかった。

それがわずかに二人の希望であり、未知の世界に進む力と勇気を与えていた。

「もう歩けないわ」

美佐がついにまた弱音を吐いた。足の筋肉は棒のようにかたくなっている。足の指にはいくつも血豆が出来ていた。

「よく我慢して歩きましたね。しかし、このままでは危険です。後戻りはできないから、ここで少し休憩して、もう少し奥に進んで見ましょう」

雄一郎は、しばらく休憩した後、美佐の手を取ると、先に立った。

だが先導する雄一郎も足元が滑って幾度も転んだ。

洞窟は人力で造られたものでないことは、歩く地面が凸凹していることからも推測できた。

奥に行けば行くほど、不思議なことに洞窟の壁はしっかりと乾燥している。

コウモリやねずみなどのような、洞窟に棲《す》む生物らしきものはまったく見かけない。

目を凝《こ》らすと、前方にかすかな光が射し込んでいるかのような小さな輝きがあった。

「きっと出口に違いありません。もう少しです。頑張りましょう」

美佐は頷いたが、疲れてもはや声も出なかった。雄一郎に手を引かれて惰性で歩いていた。

屈折した洞窟を曲がりきると、明かるい輝きは次第に大きくなった。

光は洞窟の天井に近い位置にあると思われた。

そこに行くには壁を這《は》い上がらねばならない。

鍾乳石の突起に手や足を踏ん張り、躰を支えながらすこしずつ這い上がった。

一条の光がますます輝きを増した。

まさしくそこは外界への出口であった。

ふたりは力をふりしぼって一歩づつ這い上がっていった。のぼりつめたところはわずかにぽっかりと穴が空いて空洞になっていた。

まったく人の手が加えられていない。

ある意味では洞窟の行き止まりであった。

外界との光が射し込んでいる穴の大きさは、人間の頭ほどにぽっかりと空いていた。

その穴からかすかな風音をたてながら、新鮮な空気が洞窟内に吹き込んでいたのだ。

もはや後にもどることはできない。

「この壁を掘り広げるしか道はない。少し離れていてください。わたしがこの穴を広げてみます」

脱出できなければここまで来た甲斐がない。雄一郎はピッケルの先で壁の四方を掘りながら、必死になって穴を広げた。

岩盤は思ったほど堅くなかったことが幸運だった。むしろ漆喰《しっくい》のように塗り固めていた箇所が崩れて穴があいたように思われた。

雄一郎の突貫工事夫のような働きで、人間の躰がかろうじて出入りできる広さになった。

「まず私が出てみます」

雄一郎が渾身の力で一気に駆け上がった。

新緑にあたって乱反射する陽光が眼を射た。

雄一郎は思わず眼を両手で覆った。そしてゆっくりと時間をおいてうすく瞼を開いた。

まわりは鬱蒼とした森林の木立の景色であった。

洞窟の入口の周囲には、エビネ蘭に似た香りのある山野草の花が群生していた。この花の香りが洞窟に吹き込む風によって、洞中にまで運ばれて来ていたのだ。

「美佐さん。うまく地上に出ました。いまからあなたを引き上げます。日光で目をやられるから両目を閉じたままで上がってください」

雄一郎はもう一度、周囲の安全を確かめた。洞窟内にロープを垂らして登山リュックを引き揚げたあと美佐の躰を縛らせた。

疲れた美佐を引き上げるために、穴の入口から腕を差し入れてゆっくりとロープを引き揚げた。

ようやく美佐は地上に出た。

緑の木陰からの木漏れ日がまぶしく美佐の躰を照らした。

眼が慣れて視界が開けると、まさにそこは森林の別世界であった。洞窟内をさまよって歩いた距離はおよそ数キロになるに違いない。

まかり間違えば、洞窟内で道に迷って、餓死することになったかも知れない。

幸運だった。

冷え切った躰が木漏れ日によって暖かく感じられた。新鮮な空気が口腔内から肺に吸い込まれていくのがわかった。命が助かったという安堵感が躰中を駆けめぐった。

二人は急に空腹感と喉の渇きを覚えた。

まわりを見回した。付近は樹林の木立の中で、少し平坦な場所だが、おおよその見当では山の八合目くらいかと思われた。

「ごらんなさい。はるか麓に人家らしきものが点在して見えます。もう大丈夫です」

雄一郎が指さす眼下には靄《もや》が薄くかかっている盆地があり、樹木の合間から数十軒ほどの集落が見えた。

じっと眼を凝《こ》らすと、部落には人々が生活しているらしく、家々からは白い煙が立ち上っている。

家々は岐阜県の飛騨高山の合掌造りに似ていて、それぞれの家と家はほどよく距離をおいて点在している。

合掌造りは飛騨の家屋よりも規模は小さい。降雨量の多い屋久島では、降雨による衝撃を少なくして受け止める工夫として、家々の屋根は飛騨高山の家よりも急な勾配に造られているようだ。

床は高床になっていて湿度が家の中に籠《こ》もらない工夫がなされている。

雄一郎はリュックから小型の双眼鏡を取り出すと、集落に焦点距離を合わせた。

「これは驚きました。屋久島には、まだこんな集落があったのか」

驚きを隠せない雄一郎は、両眼を見開きながら黙って美佐に双眼鏡を手渡した。

美佐は手渡された双眼鏡をのぞくと焦点を合わせた。

村にはあちらこちらに動き回る人々の姿が見えた。なんと男はまげを結い顎ヒゲをたくわえ、腰には長い刀と短い刀の二本を手挟んでいる。

衣類はそまつな木綿らしい着物で鹿の皮を着込んで、野袴らしきものを履いている。

女は長い髪を器用に束ねて結び落として、腰帯一つで上手に着物を着こなしている。

集落の生活ぶりがそれほど豊かでないことは、その身なりからも想像することができた。

屋久島には民俗学的調査でも昔の風俗で暮らす部落があるとは聞いたことがない。

「現代離れしていて、何か不思議な感じのする村里ですね」

美佐は「まずは助かった」という安堵感とともに、一瞬、何とも表現できない黒い靄が湧き出すような不安感が脳裏をよぎった。

「このままではどうしようもない。とにかく、村里まで下りてみましょう」

二人は山を下って部落にたどり着くことにした。

身の危険の後先を考えるよりも、飢餓感と空腹感が二人に下山行動を起こさせた。

　道なき山腹を木々に掴《つか》まりながらゆっくり下ると、村里の山際にある境界柵の前に近づいた。

「おまえらは誰だ」

　いきなり大きな叫び声で二人は呼び止められた。屈強な若者がいきなり二人の前に飛び出すと、両手を大きく広げて行く手をさえぎった。

「決して怪しいものではありません。私たちは宮之浦岳の登山者です。下山の途中に天候が急変して雷雨に遭ったために道に迷ったのです。数日間、何も食べていません。どうか水と食べ物をわけてください」

　雄一郎の言葉を聞きながら、若者はすばやく美佐の躰つきを見つめた。

「おまえは女だな、女人禁制の宮之浦岳に登ったとは、不届き千万なやつ。おぬし等は山の神を恐れぬ所業によって神罰が当たったのだ」

　若者は大声で美佐を叱った。

　言われてみれば不思議なことであった。午前中、あれほど快晴に近い天気だったのに、下山を始める頃には、にわかに空はかき曇って天候が急変した。

黒雲がわき出すと生温い風が吹き始めて、強い風に急変した。

そして足元に大粒の雨がぽつぽつ落ちはじめたと思うと、たちまちはげしい土砂降りの雨になってしまった。たしかに山の神の怒りに触れたのかも知れないと美佐は思った。

「いまは宮之浦岳は女人禁制ではありません。日本全国から多くの女性登山者が登っています。女人禁制が解けて以来、登山ブームもあって日本全国から数多くの女性が宮之浦岳に登っています」

「何をたわけたことを申す。わしらの村ではいまだ女人は宮之浦岳に足を踏み入れてはならぬという厳しい掟《おきて》をかたく守っておるのじゃ。そんな罰当たりなことをしたから山神の怒りに触れたのじゃ」

美佐にとって若者の言うことはまるで見当違いなのだ。が、あえて美佐は黙って頭を垂れた。

「ちょっとあなたに尋ねたいのですが、この部落は何という村ですか。平成の時代なのに、あなた方が着ている着物や頭にまげを結う習慣のある村があるとは大発見です」

「大発見だと、馬鹿なことを申すな、わしらは昔ながらの暮らしをしておるのだ、わしらはとくにかわった暮らしをしておるわけではない」

「よくわかりました。私どもは下山途中で山道に迷ってようやくこの村にたどり着きました。とにかく空腹で食べ物が欲しいのです。部落の長を訪ねたいのですが、案内してもらえませんか」

「分かった。だが女が山神の怒りに触れたのだ、穢《けが》れた女をじきに村長に会わせるわけにはいかぬ」

雄一郎は美佐を引っ立てようとする若者と、激しくもみ合ったが腕力は若者が勝っていた。

今はこの村里のことは何一つ知らない、無駄に抵抗しないことが得策だ。

雄一郎は素早く善後策を脳裏で判断すると抵抗をやめた。

若者は雄一郎を手もなく投げ飛ばすと、美佐を引っ立てた。若者は美佐に有無を言わせず部落入口にある格子戸の付いた小屋らしきところに押し込めた。

それはどうも牢屋か仕置き小屋らしかった。

美佐は思わぬ展開によって小屋にとじ込められた。

「お願いです。ここから出してください」

美佐は懇願《こんがん》しながら髪を振り乱して、扉に手をかけて必死に開けようとした。

だが思いの外、扉は頑丈にできていた。

美佐は恐怖で激しく扉を揺さぶりながら身もだえた。

一見すると、丸木を藤蔓《ふじづる》で結わえただけの粗末な小屋のように思えたが、井形に組まれた格子には幾重にも藤蔓が結策してあって扉は容易に開かなかった。

美佐は予想もしない劇的な展開に気が動転していた。雄一郎に勧められて安易な気持ちで宮之浦岳に登るのではなかったと一瞬、後悔の念が湧いた。

雄一郎は格子から両手を入れて美佐の手を握った。

「美佐さん、気を落ち着けてください。大丈夫だ。すぐに助け出すからいまは騒いではいけない。ちょっとの辛抱です。わたしが話をつけてきますから待っていてください」

雄一郎は若者に両腕を後ろ手にして縛られると、引き立てられて村に連れていかれた。


「新吉、どうしたんや」

若者は、大きな屋敷の玄関口で呼び止められた。

「村長《むらおさ》、この男は女人を連れてこの村に忍び込もうとした不届き者です。女人は捕らえて仕置き小屋に押し込めました」

痩身で白髪を総髪にした七十歳代に見える村長は、長い白髭をしごきながらしばらくは黙って雄一郎を眼光鋭く睨《にら》みつけた。

「村長、この男は不届きにも宮之浦岳に女人を連れて登ったのです。そのために山神の怒りにふれたようです。その祟《たた》りで下山の途中に嵐にもあって道も見失ってしまい、この村に迷い込んで来たのです」

しばらく雄一郎を睨んでいた村長は冷笑を浮かべながら訊《たず》ねた。

「この村には、昔から掟がある。そなたは武術の心得はあろうな」

村長は雄一郎の洋服を見て珍しい服装を見たという顔つきのまま厳しい口調で言った。

「父から古武術を少々まなんだことがあります」

雄一郎は厳父から代々神社に伝わる古武術を幼いころから境内でみっちり鍛えられていた。

筑前宗像郡の宗像一族の中で知勇にすぐれた宗像氏貞の血筋を引く家であると父親からよく聞かされた。

「そうか、よそ者は、この村の腕の立つ者と闘って、勝たねば村人として受け入れられぬという厳しい掟があるのじゃ」

「なぜそのような掟が…」

「屈強な男でなければ戦に役立たぬからな。そなたが闘いを断れば、そちの連れの女人も一緒に始末されよう。それが嫌なら、そなたが男子としてどれほどの腕前なのか村人に披瀝《ひれき》して見せることじゃな」

村長は不敵に頬をゆがめてにやりと笑うと雄一郎の顔色をのぞきこんだ。

「そなたの相手は、わしが決める。そなたらを連れてきた鍛冶《かじ》の新吉がよかろう。新吉よいな」

名指しされた鍛冶の新吉は、喜びをあらわにするかのようにキラキラと眼を輝かせて村長に向かって大きく一礼した。

ひごろの武術の腕前を村人の前で披露できる機会を与えられたのだ。

新吉の顔には満面に自信があふれている。両肩の筋骨が盛り上がって若さにあふれている。

「分かりました。それがこの村の掟ならば受けて立ちましょう。だが私が勝てば、捕えられている私の連れを小屋から出してくれますか」

「むろんのことじゃ。わしに二言はない」

雄一郎は村長の眼を見つめて大きく頷いた。

雄一郎は村の広場に引っ立てられた。たちまち村人たちが集まった。広場は村人たちによってまるく円陣が作られた。平穏だった村人にとって格闘が見られるというのでたちまち人だかりができた。大人も子供も腰の曲がった年寄りも杖をつきながら集まった。まるで一年に一度の村祭りになったかのように活気と賑わいに満ちた。

村人たちは闘いの成り行きについて口々に話をしている。

村長が屋敷から長い杖をつきながら、ゆっくりとした足どりで広場に現れた。そして長い杖を高く振り上げると、集まった村人たちは、たちまち静まって、村長の顔をあがめるようにいっせいに頭を下げた。

雄一郎は村長の前に引っ立てられた。

村人の群衆のなかから鍛冶《かじ》の新吉の名が呼ばれた。

新吉は肩を聳《そび》やかせて村長の前に立った。

「そち達は、今から村の掟にしたがって闘ってもらおう。たがいに武器は持つことはあいならぬ、素手で闘うのじゃ、殴る、蹴る、絞める、投げ飛ばすも、引き倒すことも素手であればすべて許される。相手が完全に起きあがれなくなって降参するまで闘い続けるのじゃ、わかったな」

村長は雄一郎と新吉を前にして試合のきまりを宣告した。

新吉は見るからに屈強な若者である。

まだ二十歳代の若者のようだ。日焼けした精悍《せいかん》な顔つきのうえ猪首《いくび》だ。筒袖一重の野良着からはだけた胸板は、鍛えられて赤銅色の筋肉を見せている。ひごろに鍛冶や野良仕事で鍛えられた足腰も頑丈に違いない。

鍛冶の新吉は闘いの対戦者に選ばれたことを誇りに思っているのか、村人に両手を振り上げて喜びをあらわにしている。

新吉は雄一郎よりも上背も高い。

雄一郎は幼い頃から教えを受けた技を脳裏によみがえらせていた。むざむざ負けるわけにはいかない。美佐を救い出すには是が非でも勝つことでしか活路《かつろ》はない。

だからといって腕力では野性に満ちた若者には勝てない。

――父親から習い覚えた秘技を遣うしかないか。

もはや後に引くに引けない。

雄一郎は、虜《とりこ》となっている美佐の身の上がちらと脳裏をよぎった。この闘いに勝つしか二人に生きる道は残されていない。

雄一郎は深く息を吸い、目を閉じると口をすぼめて幾度も息を吐き出すと、覚悟を決めた。

雄一郎の顔が引き締まった。いつしか空腹で疲れた身体であることも忘れていた。

古武術であれば互いに礼を重んじて格闘となる。だが、そのような礼法などはこの村にはないようだった。

試合の直前になって雄一郎に水を飲ませた。雄一郎は喉の渇《かわ》きが取れると同時に、水の分子が躰の隅々まで行き渡って漲《みなぎ》るような感覚が蘇った。


（つづく）

屋久島 時空隧道《じくうすいどう》（上）
ISBN978-4-434-29782-3　C0093

発行日　2021年12月10日　初版第1刷
著　者　周防《すおう》 凜太郎《りんたろう》
発行者　東　保司
発　行　所
櫂歌書房
〒811-1365　福岡市南区皿山4丁目14-2
TEL 092-511-8111　FAX 092-511-6641
E-mail:e@touka.com　http://www.touka.com
発売元：星雲社（共同出版社・流通責任出版社）